OLD RUNNERS' HISTORY

走る高齢者たち

オールドランナーズヒストリー

学徒出陣・JSP（降伏日本軍人）・復員・国労書記・詩人・ランナー

福田玲三

梨の木舎

はじめに ～スイス・ローザンヌマラソン大会に参加して

スイス西部、レマン湖の北岸にある観光・保養都市ローザンヌ。この地で2018年10月28日に行われたローザンヌマラソンは最悪の気象条件下だった。当日朝の気温は5℃、みぞれが降っていた。日本から同伴してくれた長女と一緒に、現地に住む次女の夫にスタート地点まで送ってもらい車を降りるとき、みぞれは一段と激しくなってきた。

木陰で雨をしのぎ、防寒用のオーバーは着たまま、その上にレインコートを羽織った。傍らのランナーたちを見ると、オーバーで隠れた背中のゼッケンをズボンに移している。「いまさら手間のかかることを…」と思いながら、私も慎重を期して、長女に手伝ってもらい、ゼッケンを背中から脚に移す。頭には毛糸の帽子、首には白いタオルを巻き、手には毛糸の手袋、これでノルディックポール（杖《つえ》）を握る。

午前8時50分。約200人のランナーが号砲を合図に一斉にスタート。その最後尾を私と長女が歩き出した。みんなとの距離はみるみる開き、試みに後ろを見ると、もう誰もいない。本当の最後尾のようだ。みぞれはときに弱まり、ときに強まり、弱まると、長女にコートを脱がしてもらって身体のほてりを放し、強まるとまた着せてもらった。

ちょうど一カ月後に95歳を迎える年齢の私が、なぜ、ローザンヌマラソンの10キロノルディックウオーキング種目に参加し、悪天候のなか、ノルディックポールを持って歩くのか。

私は幼い時からひ弱だった。小学校の徒競走では、いつもビリか後ろから2番目。毎年必ず風邪か下痢で欠席し、皆勤賞をもらったことは尋常小学校でも旧制中学でも一度もなかった。21歳の時、文科系学生の徴兵延期措置がなくなり、いわゆる学徒出陣で、大阪外国語学校フランス科（現大阪大学外国語学部）の中途で徴兵検査を受けたときも、甲種合格や第一乙種合格ではなく第二乙種、つまり「筋骨薄弱」だった。

敗戦後、無事に生還。36歳の時、友人とある運動会を見に行ったあと、自分でも走りたいという思いに駆られ、余暇を利用して多摩川の岸辺を走った。定年を前にした56歳の時、第2回東京女子マラソンをJR品川駅西口の歩道橋上から見た。このとき、自分でもマラソンを走れるのではないかと思った。その2年後、42キロ走の練習を何度か試みたのち、千葉県佐倉市で行われた第1回佐倉朝日健康マラソン（以下、佐倉マラソンと略す）に参加、完走した。

第二次世界大戦まではマラソンをする人は特別だった。そのマラソンに自分が挑戦することは、夢のまた夢、天上の花だったのに、完走できたことが無上にうれしかった。虚弱な自分がやっと一人前になったと肌で感じた。それから毎年、5時間制限の佐倉マラソンを走り、タイムオーバーになると7時間制限の東京・荒川マラソン（以下、荒川マラソンと略す）、ついで8時間制限の大阪・淀川市民マラソン、10時間制限の伊豆大島マラソン、

2018 年 10 月 28 日、ローザンヌマラソン、ゴール地点で。スタートからゴールまで自転車で後ろに付いてくれた監視員の男性と。

無制限のホノルルマラソンへと大会参加の対象が移った。ローザンヌマラソンでは10キロウォーキングを選んだ。

遅咲きランナーの私にとって、同じ高齢マラソンランナーたちが、どんな暮らしをしているのか知りたくなり、２０１５年から全国各地に住む7人の最高齢ランナーを訪ねて、聞き取りを重ねた。そんな事情から、どんなに天候が悪くても、ローザンヌマラソンを欠場するわけにはいかない。

コースは、南側にレマン湖、北側は斜面となったブドウ畑、その間を東に進む広い車道で、道沿いに国際オリンピック本部やオリンピック博物館があるはずだ。帽子から落ちる水滴に耐えて歩きながら、２キロ地点かと思ったら３キロの表示があって、スタートから51分と長女が言う。１キロ平均17分だ。10キロの完走には１７０分かかり、11時40分がゴールの目途になる。

もう折り返しの集団と行き違った。集団からは「アレー」（フランス語で「行け」の意味）、ブラボー（フランス語で「素晴らしい」などの意味）という声がひっきりなしにかかってくる。最終ランナーの私への同情だ。こちらがメルシー（フランス語で「有り難う」）だけでは受け身となるので、私も「アレー」「ブラボー」と呼び交わし、新たな集団が来るとまた、ひとしきり声援の交換だ。

やがて道が分かれ、監視員が北側の道を指す。斜面になったブドウ畑に沿い、昨日訪れたチャップリン博物館へ向かう道だ。先行者が見えないからコースを間違ったかと思うほど長い道をたどり、やっと右へレマン湖の方へ折れ、ほどなく、さきほど分かれた南側の道に出合った。そこが折り返し点になる。復路に出た途端、自転車で付いていた監視員が「危ない！」と叫んだ。

後発のフルマラソンの先頭集団がフルスピードで走ってきて、突き飛ばされるところを危うく難を逃れた。さらにランナーの群れが押し寄せると、段差のある歩道に上がってやり過ごし、群れがしぼむと、また車道に出た。

何度かこれを繰り返しているうち、ついに左に折れてレマン湖に沿ってゴールに向かう。そのころは、フルマラソンもハーフマラソンも、どの種別のランナーも一斉にゴールに詰めかけ、道の両側は応援に埋められ、その前列に子どもが手を伸ばして握手を求める。私がその可愛い手に触れると、見知らぬ東洋の老人と分かり、驚いて手を引っ込めた。それでも傍らから見ると、私が子どもと握手をしながらゴールに向かっているかのように見えたようだ。

200mほど先にあったゴールを切ると、ランナーたちは一様に安堵《あんど》の色を見せた。その人ごみを分けると、二、三の中年ランナーが私に気づいて「ブラボー」と声を掛けた。黒いタイツをぴったりはいた大柄な美人が私を見て笑顔でうなずいた。どこかで行き違った人たちなのだろう。自転車で付いてくれた初老の監視員に別れを告げたが、長女に聞けば、初めから仕舞いまで後付ついていてくれた由《よし》。せめて名前を聞いて、後でお礼の便りをすべきだった。

ゴールしたとき、完走のメダルをもらったが完走証がない。そういえば、どの大会でもゼッケンと一緒にもらうチップがない。手間のかかる作業を省いたのかと思ったが、後になって、タイムチップがゼッケンの裏に貼り付けられていることを知った。帰国後の11月2日、スイスの次女から動画が届き、私がゴールする場面が10秒ほど映り、ゴールの時刻が11：33・23と出た。後日届いたメダル添付用の名札には「Fukuda Reizo 2：42・11・1」と、スタートからゴールまでのリアルタイムが刻まれていた。ちなみに、フルマラソンを含む全種目の大会参加者は13、500人、うちスイス国外からは2、200人、日本からは16人だった。

雨は復路のころには上がり、気温も高まった。湖畔のベンチから波静かなレマン湖を眺め、心安らかなひと時に我を忘れた。こうして国内外のマラソン大会に参加できるのも、大きな戦争がないからだと思わずにはいられなかった。人生100年時代といわれる今、走り、歩く喜びをともに分かち合いたい。その思いを伝えたくて一冊の本にまとめ、共に戦争の時代を生き抜いた全国各地の最高齢ランナーたちを訪ねた時の記録も載せた。お金を掛けないで健康を願っている人たちへのヒントになれば、無上の喜びだ。人々に感謝し、歩くことは万病の薬と念じながら、私は今日も歩き、その途中で筋トレに励んでいる。2020年東京オリンピックは新型コロナウイルスが世界的な広がりをみせて感染・拡大した影響で、パラリンピックを含め今年夏の開催が来年夏に延期されたが、平和があってこそのオリンピックだ。生存している戦場体験者の一人として、「平和だからこそ走れる」という一言を明記しておきたい。

＊目次の年齢は２０１９年11月22日現在のものであること、年代の表記は西暦で統一したこと、また新聞、雑誌に掲載された記事の再録に際しては、社名、年月日を記載し出典を明らかにしたが、紙幅の都合上、再録の一部を割愛。タイトル、見出しの一部に変更を加えた場合もあったことを、予めお断りしておきたい。

＊また、本文中には、こんにちでは差別的な表現があるが、これらは、筆者を含む引用した書籍、雑誌などの出版された時期によるものであることと、筆者には差別的な意図が全くないため、そのまま掲載していることも事前にお断りしておきたい。

目次

わたしの後半生――「完全護憲の会」・遅咲きのランナー……

2015 年伊豆大島一周マラソンでゴールする筆者

ホノルルマラソンに参加、コースの途上で小休止。2016年12月11日

わたしの前半生

――生いたち・兵役・ＪＳＰ・復員……

1　生い立ち

私は1923年11月に瀬戸内海の水島で生まれた。父がこの島にある古河鉱業系の製錬所に溶鉱主任として勤めていたためだ。

父、勘四郎は1885年に岡山県津山市高野の農家に生まれ、私立の東京工科学校採鉱冶金科を苦学して卒業した。

母は同年に岡山県を流れる吉井川中流の左岸、羽仁《はに》という集落に生まれ、ゆきという名前だった。長じてから友人の勧めで、看護婦を志した。1年あまり勉強して看護婦養成所に入所し、1906年に正看護婦になり、日給19銭で姫路野戦病院に勤務。その2年後に当局の要請を受けて内地を離れ、日露戦争（1904～05年）後の南満州鉄道病院に月俸25円で勤めた。

1913年に内地に帰り岡山県立病院の外科看護婦長を日給50銭で勤めているとき遠縁に当たる父と結ばれることになった。1923年11月に3男の私が生まれる2カ月前、関東大震災の煤煙は瀬戸内海のこの島まで届いたという。私が小学校に上がる前、1927年に、たぶん世界金融恐慌の余波を受けて水島の製錬所が閉鎖され、父母は5人の子どもを抱えて生まれ故郷に近い岡山県北の津山に帰り、市内の東のはずれに借家を見つけたが、このときもらった退職金が３０００円とか５０００円とかで、以後は結局、この退職金を食い潰すだけの暮らしになった。

父母は前途を予測し、縁あってやや市中に近い田圃３００坪を買って安普請の家を建て、家の回りを畑にして自給自足の態勢を整えた。母はいつも子どもたちに、望む学問だけはさせてやる、と豪語していた。そしてやり繰りして、５人の子どものうち男３人は専門学校と大学に、女２人は高等女学校を卒業させた。しかし、そのための節約はすさまじかった。母は着物、白粉、口紅はもちろん、髪油、クリームさえ買うことはなく、畑と家事で冬はささくれた指に大きなひびが割れていた。

母の唯一の娯楽は月に一度、活動写真を見に行くことだった。その日は、家族の夕食を早めに用意し、自分ひとりの楽しみを恥じ、隠れるようにして家を出た。入場料は３本立てで、確か５銭くらいだった。活動館の桟敷に座ると日頃の疲れでカタコトとフイルムの回る音を聞きながら、うとうとと眠りこむ。だからいつも２回目を見る用意をして家を出た。母のいない家族の６人の夕食は火の消えたさびしさだった。

冷たい北風の吹く山国の盆地で湯気のこもった理髪店で髪を刈ってもらうのは私の果たせぬ夢で、散髪はいつも家の庭。父の切れないバリカンを使った虎刈りだった。中学生になって、運動の時間には、勤め人の子ども

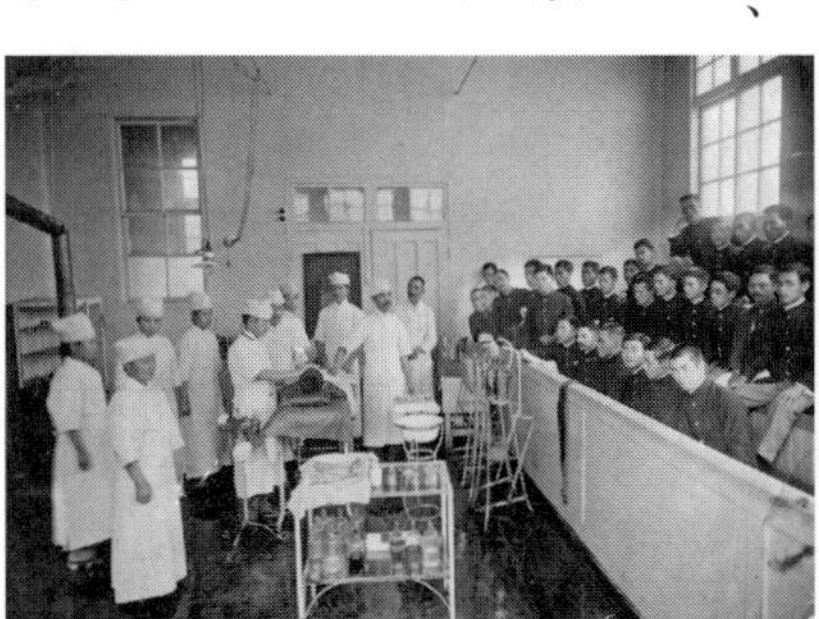

南満州鉄道病院での実習風景。

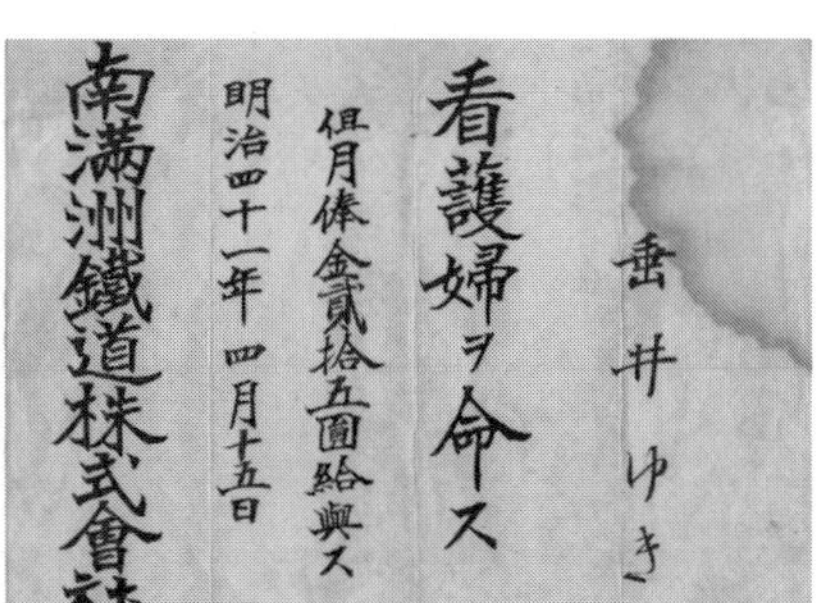

垂井ゆき
看護婦ヲ命ス
但月俸金貳拾五圓給與ス
明治四十一年四月十五日
南滿洲鐵道株式會社

母の垂井ゆきが南満州鉄道病院から1908年4月に受け取った辞令書。月俸25円と記載されている。

の真っ白なランニングやパンツがうらやましかった。洗い古した下着しか着たことがなかった。満州事変（1931年）の始まったのが小学2年生のとき。国全体でも節約ムードで、衣類に継ぎの当たっているのは恥ではないという意識が広がってはいたが。

私が小学生のころ津山市にも水道が引かれた。これまでは屋外の掘り抜き井戸で、雨の後は黄色い水で水位が上がり、数日後にやっと水が澄んだ。使用料なしの井戸で済ますか、料金を払って水道を引くか、それが我が家の大問題だった。定額だった電気代に、メートル制の選択が加わったのもそのころだった。悩みに悩んだ末に母はメートル制に切り替えた。切り替えたあと最初の検針に来た検針員はメーターを見て驚き盗電を疑った。それは8月だったが、暗くなるまで一切電気を付けず、無駄な電気はすぐに切って節電に努めた。

水島の製錬所に勤めている間、父は休日には画帳を持って海や船をスケッチしたり、俳句を作ったり、素人芝居の役者などもする趣味人だった。また手先がとても器用だった。子どものころ、事故で歯を失っていた母のために桜の木で総入れ歯を作り大変喜ばれたという。結婚してからは、父は勤務

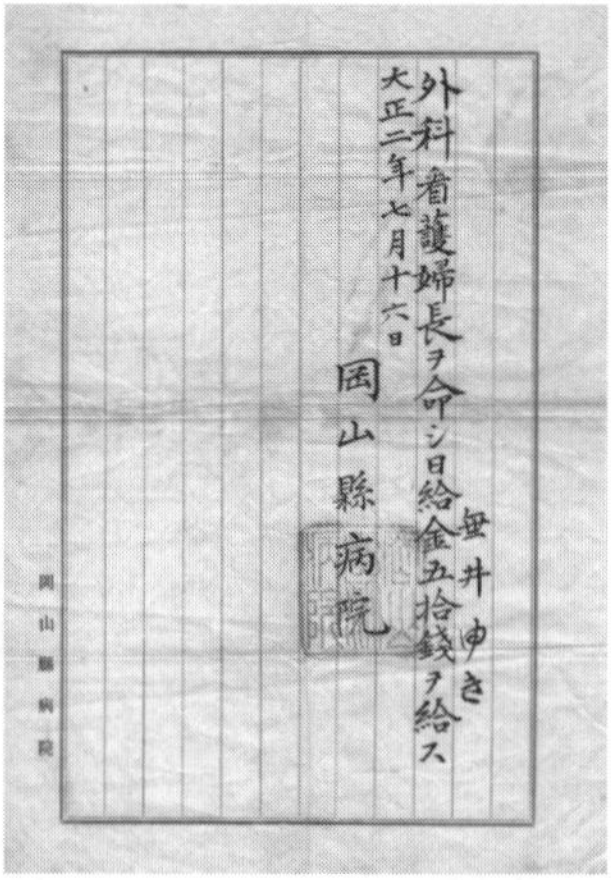
毋井ゆき
外科看護婦長ヲ命シ日給金五拾銭ヲ給ス
大正二年七月十六日
岡山縣病院
岡山縣病院

岡山県立病院の外科看護婦長時代（1913年）の母の辞令書。日給50銭。

1940年頃、父母と兄・姉・弟たち。右から２人目が筆者。我が家の縁側で。

専一、家のことは母に任せ、母は父の勤めに障りを作らないこと一筋だった。結婚した時、母の給料は父のそれより高かったそうだ。

製錬所が廃止になって父母が郷里近くに帰った後、母は、義母が義父の後始末ができず、いくらかの前借をしたまま生まれた村を離れ、その不義理を苦にしながらこの世を去った話を、何かのついでに思い出し、代を異にする債権者に幾十年前の借金を返済して回り、義母の仏前にその報告をした。

私が小学生だったある日、たまたまその日は、昼休みに走って家に帰り、昼食を食べて、また走って学校に帰ろうと思っていると、母が机に向かい何やら書いては泣き、泣いては書いている。このまま学校に帰るには心配で堪らなかった。この頃父は一時的に、瀬戸内海の直島製錬所に単身赴任していた。その父に宛てての手紙だった。思い切って私は母に聞いた。「お母ちゃん死ぬんじゃない？」。母はひしと私を抱きしめ、「お前たちのように可愛い子どもを残して、どうしてお母ちゃんが死のうにい」と涙にむせんだ。私は安心するとともに、恥ずかしくなり、母に見送られて学校に帰った。

母が苦しんだのは父が5人の子どもの中でえこひいきすることだった。父は長女を可愛がり長男を疎んじる風だった。自分でも、「父親が息子よりも娘を可愛がるのは自然の摂理だ」と言っていた。それでも、その言葉ほどの差別ではなかった。だが母にはそれは認められなかった。というのは、母には器量よしの妹がいて、生みの母の愛を妹に取られた辛い経験があり、その辛さを子どもの誰にも味合わせたくなかった。母はそのことで悩み抜いた。

しかし、もっと大きなことで母は悩んだわけではない。たとえば男子が兵隊に取られることは国民の義務として疑わなかった。婦人雑誌で男子は陛下の赤子としてやがて兵役に就く身だから、寝ているとき、男子の枕元を歩かぬようにと書かれていれば、それを真面目に実行した。日露戦争後の満州を経験している母にとって、軍隊は男子が一人前になるために必要な試練と思い定めていた。それでも近所の農家の小母さんがある夏、野菜を届けたついでに我が家の縁側で世間話をしていて、小母さんが7人育てた男子を5人まで次々に戦死させ、「何で苦労して育てたんだか」と語り、涙が乾いた縁側の板に落ちたとき、二人は抱き合って声を上げて泣いた。

私が小学生のとき満州事変が始まり、「満蒙節」が流行った。「〽赤い夕陽の満州蒙古　それもそじゃないか　日清日露　二度の戦に流した血潮　染めて築いた土地じゃもの」。こう歌われると、もうだれも戦争反対とは言えない。こうして敗戦まで、国民は自力で軍部を抑えることができなかった。

満州事変の起こったこの年、田河水泡による漫画「のらくろ」の連載が『少年倶楽部』（講談社の前身が刊行していた月刊誌）で始まった。軍隊に入った黒い野良犬の物語は私たちを熱狂させた。町はずれの小さな書店への年末の到着が待ちきれず、母にもらった白銅貨を握り締め、友達と二人で町の真ん中の本屋まで買いに行った。売り場には印刷インキのにおいがこもり、金粉で表紙を飾った新年号が分厚い付録を抱えきれずゴム輪で止め、明るい電燈のもとに輝いていたが、『少年倶楽部』はまだ届いていなかった。山地の夜は冷え込み、風花がちらちら舞うなか、気落ちして帰る途中、町中の狭い道を走る黒塗りのタクシーに危うくはねられかけたことがあった。

ある時、町中から欄干に擬宝珠《ぎぼし》のある橋を渡って帰って来るとき、どこからか歌が流れた。それは藤原義江の「〽ほえろ嵐　恐れじ　我等　見よ　天皇《すめろぎ》の燦《さん》たる御稜威《みいず》……」で、その力強いテノールは子ども心に恐ろしかった。当時流行した映画の題名『アジアの嵐』が、蒙古で渦巻き、黒い雲となって押し寄せる気がした。この直感は当たっていたといえよう。

私が小学5年生のころ、東海林太郎の歌う「国境の町」がはやった。「〽ソリの鈴さえ淋しく響く」という最初のメロディーだけで、暗い誓文払い（商売上止むを得ずついたうその罪を払う）の鈴の音が、煤《すす》払いの乾いた笹の葉に響く、客のまばらな年の瀬の風景が思い出される。時代は戦争と共にますます不景気になっていった。

私が旧制中学2年生のときに日中戦争（1937～45年）が始まり、5年生になって卒業する間に、学校への配属将校が退役から現役に代わり、世は急速に戦時色を深めた。

母の子どもへの愛は戦争反対までには至らなかったが、他のことでは母は子どもに愛を注ぎ尽くした。母は、父に教わって晩年に詠んだ短歌で、「花よりもなおも愛《め》でにし吾子なれば孫の可愛いさ何にたとえん」とあるが、本当に我が子を花よりも愛していた。「五人の子五本の指になぞらえて母の願いは落ちなき幸ぞ」とも歌った。

何時かの初夏のことだった。訪れた乞食《こじき》に、母は節約して残した何がしかのものを与え、「このあと何かのことで子どもがお世話になるかも知れません。そのときはよろしくお願いします」と頼んでいた。何度も礼を言いながら乞食が去って行く道の空に虹がかかっていた。

母の2人の兄は柵原《やなばら》鉱山の幹部をしていたが相次いでチフスなどの伝染病で亡くなった。2人の息子に先立たれた母の父の嘆きを身近にみていた母にとって、この世で一番恐ろしいのは、仏法でいう逆縁だった。母はいつも我が子に先立たれる幻影に脅えていた。

子どもに対する父の偏愛のほかにも、父と意見を異にすることが様々に母にはあった。だが戦前、明治憲法下、教育勅語のもとでの女性には、「幼にしては親に従い、嫁しては夫に従い、老いては子に従え」の三従の教えが鉄則だった。悩みに悩みながら、母には相談できる人はいなかった。

冬の早朝、悩みを抱えた母は、我が家の宗派、日蓮宗のお題目を一心に唱えながら、家の前の小道を行き来し、夜が白々と明けるころ、ようやく解決の糸口を掴んで心の平穏を取り戻すが……やがて程なくまた行き詰まり、母は苦しみ抜いた。母は父の親類縁者から嬶《かかあ》天下と見られるのを恐れた。三従の貞淑な嫁でありたいと願いながら、道理として納得できない、その自縄自縛のなかで母はもがき苦しんだ。

後に私は現日本国憲法第24条（家族生活における個人の尊厳・両性の平等）の起草に心血を注いだウィーン生まれの米国人女性、ベアテ・シロタ・ゴードンさんの存在を知った。幼くして初来日。東京で暮らしたベアテさんの眼に写った戦前の日本の女性の姿こそ、三従の掟に苦しむ日本女性だったのではないか。

2 兵役

兵営内の生活

岡山県立津山中学校を卒業し、1年浪人して大阪外国語学校フランス科に入学したのは1942年春だった。翌43年10月2日に「学生・生徒の徴兵猶予停止」が公布された。だが、夏休み前に、徴兵猶予の停止は知らされていた。結局、フランス語の学習は夏休みまでの1年半だった。その秋、郷里の津山市で徴兵検査を受け、12月1日に岡山の第48部隊に入隊した。

岡山の兵舎には現役兵が出た後の古参の召集兵が残っていた。各古参兵一人に、学徒出陣といわれた私たち新兵の一人が就き、古参兵の横に新兵が寝る。

兵舎一棟の一番東が小隊長の部屋、その隣に曹長の事務室、ついで1分隊、2分隊、3分隊、4分隊となり、中央通路をはさんで擲弾筒《てきだんとう》（小型の携帯用迫撃砲）を担う5分隊で終わる。私は3分隊だったか、古参の一等兵についた。各分隊には下士官の分隊長がいて、入隊当日は、〳〵分隊長はお父さん、古参兵は母さんで、一夜明ければ鬼となる――のが常だ。

私の古参兵を見ながら、私はトルストイの『戦争と平和』に出てくる兵士を重ねていた。ゲートルを巻いては巻き直す素朴な兵隊だ。ところが見栄えのしない小柄なその古参兵に何かのことで一喝されて私は震え上がった。書かれたことと現実の大きな乖離《かいり》を知った。組み合わされる古参兵は新兵には大きな存在だ。ベッドの南の窓際にいたラッパ卒の上等兵は気が良くて、「軍隊生活が長くなると腹が決まる」と言い、どんぶり一杯の飯の半分ほどをいつも自分の新兵のどんぶりに移して食べさせていた。新兵は年中飢えている。

百貨店を経営する私の町一番の金持ちの息子で、北海道大学農学部に入学、柔道部に入っていた私より一、二年の先輩が5分隊にいたが、気が触れたとの噂を聞いた。擲弾筒分隊は気が荒いので、集団的に迫害されたのではないか。ここでは個人の反抗は通用しない。

軍隊というのはそういうところだ。だから毎回演習が終わって帰ってくると、分隊長の前にかがみ、ゲートルを争って解くのだ。学徒兵と世間では讃えられても、兵舎内ではただの新兵だ。

月に1回だったか、家族の訪問があった。家族が来ると、衛兵所から連絡があり、呼ばれた者が次々に兵舎を出て面会所に行く。だんだん空いてくる兵舎のなかで、いつまでも呼ばれないので、そっと席を立ち便所で泣いたことがあった。普通、私の慰問に来るのは、東京から我が家に疎開してきていた小学生の甥や姪だった。かねて加給品として配られていた菓子を残して、姪や甥に渡した。甘いものは当時、外では入手できなくなっていた。衛兵所に連なる堤で、持参した重箱を開いて新兵と一緒に食べる家族もいた。食べ過ぎてもどす者もいた。

昔ながらの兵舎で、昔ながらの歩兵の基礎訓練を受け、翌44年3月ごろ1期の検閲（訓練仕上がりの査察）を終え、甲種幹部候補生に採用され、3月末に福知山市内にあった福知山教育隊に向かった。

鴻毛《こうもう》より軽い「命」

同僚数人と福知山に着くと桜が満開だった。正式の入隊を待って兵舎の一角で暇をつぶしているとき、突然、教育隊長が臨検に来た。仲間はトランプをしていたが、私はひとりで岩波文庫の『論語』を読んでいて、面目をほどこしたが……。

教育隊長は叩き上げの大尉で、日に焼けて無口、中国戦線帰りで、実戦に強いといわれ、武人の面影があった。後日、夜の衛兵として私が銃を持って兵舎の中央入り口に立っているとき、見回りに来た隊長が私の両肩をつかんで姿勢を正した。兵隊の払底していた時代の徴兵検査で、第二乙種だった私。つまり筋骨薄弱の私の歪《ゆが》んだ立ち姿が見るに耐えなくて隊長は私の両肩を揺すったのだ。

教育隊に入ってしばらくして、脱走したいと思い詰めたことがあった。梅雨のころだった。その日は屋内授業で外は曇っていた。筆記試験が行われ、質問に「直上上官の氏名を記せ」とあった。小隊長、中隊長、大隊長、連隊長、師団長、軍管区司令官……。教わったはずだが後の何人かの名前が分からない。周りの生徒は一心に何か書いている。〈こんな簡単なことが分からないと、叱責される〉と思うと、ここを脱走したくなった。

だが、逃げたらどうなるか。結局は、憲兵隊の待ち構える郷里の我が家に帰るしかない。私は逮捕、投獄され、我が家には非国民のレッテルが貼られ、父母兄弟は村八分となる。そう思うと、軽く動くわけにはいかず、以後、プッツリと自ら不逞《ふてい》な思いを絶った。

試験の結果は、どの生徒も同様だったらしく、別段のおとがめはなかった。当時、私の神経が病んでいたのだろう。

その前後に、大阪外国語学校英語科で朝鮮出身の同期生が徴兵を拒否して逃走、奈良で捕まったと風の便りに聞いた。朝鮮人であれば、逮捕後の拷問のすさまじさは言わずと知れる。

朝鮮人に対する拷問の心得を示した訓令がある。

「笞刑《ちけい》執行心得」

「一九一二年、朝鮮総督府訓令第四十一号、朝鮮総督　伯爵　寺内正毅　笞刑執行心得」

笞刑は受刑者の両手を左右に披伸《ひしん》し、刑盤上に筵《むしろ》を敷きて伏臥せしめ、両腕関節および両脚に窄帯《さくたい》を施し袴《こ》を脱し臀部《でんぶ》を露出せしめて執行するものとする。

受刑者一方の臀に異状あり差支《さしつかえ》あるときは他の一方のみ執行することを得。

笞刑は食後一時間以上を経過して執行し、執行前成るべく大小便を為《な》さしむべし。

打方は終始寛厳なく且受刑者の皮膚を損傷せざる様注意し、引き打又は横打《よこうち》を為すべからず。

執行数回に亘《わた》る場合に在りては、必要に依り執行後臀部に冷却方法を施すことを得。

笞場に飲水を供へ、随時受刑者に与ふることを得。

執行中受刑者号泣する虞《おそれ》あるときは、湿潤《しつじゅん》したる布片《ぬのへん》を之に噛ましむることを得。

——中野重治全集第十七巻〈朝鮮のムチ〉より——


野外訓練は兵営から数キロ離れた長田野《おさだの》練兵場だった。〽福知山出て　長田野越えて　駒をすすめて亀岡へ——福知山音頭で歌われる長田野だ。

あれは夏の最中、朝から焼けるような陽射しのもとで、走っては伏せ、伏せては走り、匍匐《ほふく》して、草いきれのなかにいた。教官は、色の白い、小柄で、こめかみに静脈が浮き出ているような、若い中尉だった。職業軍人がこんな閑職に回されることはないから、幹部候補生上がりだろう。彼が叫んだ。「演習で一人や二人死んでも構わん！　野戦でたくさん死ぬよりましだ！」。こんな冷酷な言葉を聞いたのは後にも先にも、この時だけだ。すがりたい藁屑《わらくず》さえなくなった気がした。地面に伏せた目の前の野の花が、荒い息を受けて揺れていた。

命の軽視は軍の上層から下層まで行き渡っていた。そのころビルマ（現ミャンマー）でインパール作戦を強引に推し進めた第15軍司令官・牟田口廉也中将と作戦参謀のやりとりが記録されている。

「どのくらいの損害があるか」（牟田口）

「５０００人殺せば（陣地を）とれると思います」（参謀）

「そうか」（牟田口）

だれでも、「敵を５０００人殺せば」と思うだろう。ところが違った。味方の師団で５０００人の損害が出るということなのだ。（『戦慄の記録　インパール』（岩波書店、２０１８年刊）。

１９４４年のインパール作戦では現に3万人が犠牲となり、退却路は白骨街道と呼ばれた。これほどの人命軽視の淵源は『軍人勅諭』にある。そこに示される5つの徳目の筆頭、「一、軍人は忠節を尽くすを本分とすへし」に「義は山嶽よりも重く死は鴻毛よりも軽しと覚悟せよ」と明示されている。これが明治憲法下における軍内外の教育の基本だった。

私が小学2年生のとき満州事変が始まったが、そのころ、軍隊の列の途切れを縫って道を横断するのは普通のことだった。それが１９３７年、私が旧制中学2年生の時に始まった日中戦争が拡大するにつれて、軍の隊列の途切れを縫って道を横断する者を怒鳴るほど、兵隊自身さえ傲慢になっていた。私はそんな軍隊が嫌いで、体が虚弱だったこともあって、軍人になろうとは一度も思わなかった。

もう一人の教官、彼の後輩の少尉は彼ほど神経質ではなかった。練兵場の演習が終わり、背嚢《はいのう》を背負い、銃を担ぎ、「万朶《ばんだ》の桜か襟の色　花は吉野に嵐吹く　大和男子と生まれなば　散兵戦の花と散れ」と軍歌を歌って帰る途中で小休止すると、「野戦の行軍で疲れ切った兵隊には、『宿営地に着けば、楽しみが待っている』と言って励ますのだ」などとこの少尉は言っていた（それが戦地での略奪につながるのか）。彼は生徒をある程度親身に世話した。

軍歌は行軍の時だけでなく、夕方、兵舎の前で軍歌演習があった。その際、こんな歌を歌った。「汨羅《べきら》の淵に波騒ぎ　巫山《ふざん》の雲は乱れ飛ぶ　混濁《こんだく》の世に我れ立てば　義憤に燃えて血潮湧く　権門上《けんもんかみ》に傲《おご》れども　国を憂うる誠なし　財閥富を誇れども　社稷《しゃしょく》を思う心なし」と、10番まで続く。これが2・26事件（1936年）に連座した青年将校たちの愛唱歌であったことを、当時は知らなかった。反乱軍の歌が、なぜ処罰後も、公然と歌われていたのか。

教育隊の訓練が終わりに近づいた晩夏に、山陰線で鳥取県の関金《せきかね》まで行き、そこから山を徒歩で越えて岡山県北の蒜山《ひるせん》南麓で仕上げの演習をした。払暁、薄暮の白兵戦は日本軍の得意とするところで、夜明け前、あるいは日没直後の薄暗がりの中を、肩にかけた白いたすきを目印に、丈なす草原を、はぐれぬように駆け抜ける訓練や、蛸壺《たこつぼ》に入って敵の戦車のキャタピラに手榴弾《てりゅうだん》を投げ込む練習などをした。この演習を終えて福知山の兵舎に帰ると、外地への出発だった。

思えば、それより1年も前に、日米激戦の地・ガダルカナル島で一斉掃射を浴びて夜襲部隊が全滅しているのに、私たちはなお日露戦争以来の肉弾戦訓練をしていた。日本軍の怠慢を実証する事例だ。

蒜山演習の前に、家族面会があった。戦地への出征と知らされていたが、どこに行くのか、何をするのかは分からない。面会には母と兄が来た。兄の撮ってくれた写真が残っている。母と私が黙然と向かい合って椅子に座っている。

日露戦争後に看護婦として南満州鉄道病院に勤めた母は、戦争の惨状や傷病兵の苦しみや、あらゆる地獄を見聞していたはずだ。それを語らず、ただ私の前で目を伏せている。私も母の前でうつむいている。遺骨の帰らない場合に備えて、爪と頭髪を残したのは、この時ではなく、入営する時だったろう。

１９４３年、岡山の部隊に私が入営する12月1日朝、近所の人が集まって、お寺の前の空地で壮行会が行われた。そのとき、母がそっと私を物陰に呼んで、「いざというときに見苦しいまねをしちゃあいけんよ」と言った。南満州鉄道病院で働いているとき、そこに送還されてきた日本軍の捕虜がどういう扱いをされているのか、その目で母は見ていたはずだ。それで不時の覚悟を促したのだろうか。そう言いながら母は私が外地にいる間、無事を祈って水垢離《みずごり》をとり続けていた。そのことは復員してから初めて知った。

そのあと津山駅まで連れ立って行くとき、知り合いの小母さんが目に涙をためていた。前途の不幸を小母さんが思いやっていることは私によく分かった。なのに私自身は先のことは何も考えていなかった。戦争の悲惨さを伝えるメディアは当時、何もなかったし、それに別の選択肢はなかったたし、呑気《のんき》な性分でもあった。もっとも、近縁遠縁の農夫、大工、牛乳配達夫が召集され、三人ともすぐに中国戦線で戦死した。若い妻たちはそれから一人で子どもを育て、そのまま老いていった。

戦争にまつわるあらゆる悲惨さを見聞していたはずの母だったが、万感を胸に秘めて福知山の営庭を去っていった。

魚雷を受け僚船轟沈

9月初めに、私たち候補生全員は夜行の専用列車で福知山を発った。客車の鎧戸《よろいど》を下ろし、ひそかに西に向かった。それでも真夜中の岡山駅では白いエプロン姿の国防婦人会の方々が湯茶の接待をした。夜明けに着いたのは九州の門司港駅だった。

水道の蛇口の回りに、洗った飯盒《はんごう》からこぼれた白い飯粒が散乱し初秋の陽に光っていた。中学生のとき、物知り顔の友人が、軍隊では必ず3食出る、欠食すれば指揮官が処罰されるというのを聞いて、固く信じていたが、門司港では2食しか出なかった。

港に停泊していたブーゲンビル号という1万トン級だったか？の貨客船に乗船し、日本を発ったのは1944年9月9日、重陽《ちょうよう》の節句だった。

船は九州に沿って南下した。空が次第に曇り、故国の島影を見収めたのち、気持ちを南方に切り換えてほどなく、轟音とともに僚船1隻が船首を上に向けて垂直になり、甲板の機材を音を立てて落下させながら、沈没した。船団を組んでいた残りの4隻ほどは全速力

1944年夏、外地への出発直前、母と福知山教育隊営庭で面会。兄が撮影。

で現場を退避。駆潜艇がミズスマシのように輪を描きながら爆雷を投下した。姿の見えない米潜水艦への盲打《めくら》ちだ。不幸中の幸いで、沈んだ船だけ、兵員を載せていなかった。

船は朝鮮半島南部の島陰に逃げ込み、台風の一夜を明かし、翌朝、まぶしい光を浴びながら恐る恐る黄海に出た。

島陰を出て半日もしただろうか、海が文字通り黄色くなっていた。揚子江の流量の仕業だろうか。その濁りも消えて青い海を進んでいるとき、私は同僚たちとともに甲板の一角を占め、そこからは炊事場や山と積まれた食材を見下ろせた。浅黒い山は豚の顔面の塩漬けだった。私が携行したわずかな本のなかに岩波文庫の『ブッデンブローク家の人びと』があった。

トーマス・マンのこの小説は、一族の昼食会から始まる。そこに出されるハムや葡萄酒、バター、チーズ、鯉の赤葡萄酒煮、そして香り高いコーヒー、デザート、……と読んできて、私は豚の顔の塩漬けを見た。憧れる世界の豊かさと、置かれた現実の貧しさ。その隔たりは端的だった。午後の食事に、その豚の顔の切れ端が出てきて、鼻に黒い剛毛が付いていた。

何日か大洋で過ごしたのち、船は台湾に近づき、島に沿って南下した。手に取れるほど近くに、極彩色の岸辺を眺めながら、輸送船は南部の高雄港に入った。

兵員の下船は始まったようだが、何時間待っても、私たちに順番は回ってこない。乗船してからは1日2食で、水は極度に制限され、食事が済むと飯盒に長い紐《ひも》をつけ、舷側から汲み上げた海水で食器を洗った。船倉には馬が何頭かつながれ、その周りの樽《たる》には水があふれ、馬は鼻先を樽に突っ込んだあと、水しぶきとともに頭を上げ、顔を振って水を切った。私たちは水分が切れて甲板でぐったりしていた。馬の徴発には金がかかるが、兵員は一銭五厘の赤紙（召集令状）で集めることができる。馬は水のお大尽、兵隊は水の乞食だった。

私たちの舷側は日陰になっていて助かったものの、気力も失せて、ただ待つより仕方なかった。陽がようやく陰り涼しい風が吹き始めるころ、やっと私たちに順番が回ってきた。長い縄梯子を恐る恐る伝って舷側を下りると、波止場には直径1ｍもありそうな水道の蓋《ふた》が開けられ、そこから太い水流が人の背丈ほども噴き上げていた。

飲んだ飲んだ、その水柱に顔を入れ、喉からあふれるほどに水を飲んだ。気が付くと船倉にいた軍馬がクレーンで吊り上げられ、空中で四肢を乱舞し、傾いた陽を浴びて生命を謳歌《おうか》していた。

魔のバシー海峡

その夜は波止場に野宿だった。そこには白砂糖袋が山積みされ、空襲を受けて袋が破れ砂糖が黄色に変色している。内地では砂糖は無くなりサッカリンが代用されていたから、思い掛けない天の恵み。手ですくって舐《な》めたあとは、飯盒《はんごう》に詰めた。その夜は目をそむける惨状だった。みんな物陰でズボンを引き下げ、しゃがんで、猛烈な下痢に耐えていた。それは砂糖過食の結果だった。

翌日は、油気の切れていた体を、脂肪たっぷりの中華料理で養おうと、波止場を出て高雄の街に入り、食堂を探した。慎ましい店に入り、出て来たどんぶりに口をつけて驚いた。支那竹は入っているが、脂気のない澄まし汁なのだ。がっかりして引き揚げた。台湾料理はもともと、このように淡白なのか、それとも戦時の事情によるものだったのか、私は知らない。

それから4、5日、どこかの宿舎に泊まった。いよいよ台湾とルソン島の間のバシー海峡を越える夜が訪れた。日本輸送船団の墓場といわれた魔の海峡だ。

これまでの船とは別れを告げ、一回り小型の貨客船だった。私たちは30~40名の幹部候補生ばかりの集団で、成績の良いもの数名で指揮班を作り、班長は年の割に老けた分別のありそうな候補生だった。相互の間に序列がないから、旅の間、極楽のようだった。指揮班が一同を集めて言うには、夜中に海峡を横断する、米潜水艦に襲われるのは必至だ、船が沈没して漂流中も腰の短剣を捨ててはならない、帯剣していないと、救助船に引き上げられても、海に突き戻される、のだそうだ。ウソか誠か武者震いして、その話を聞いた。剣はゴボウ剣とよばれ、突撃する際には、腰から外して、38式歩兵銃の筒先に装着するようになっている。

夜更けてその船に乗り、全員甲板で待機している。海峡を半ば越えたころ、魚雷が襲った。「面舵《おもかじ》!」「取り舵!」怒号が響くたびに船はしぶきを上げて方向を変えた。海員が「見ろ、あれが魚雷だ!」。海面に夜光虫が光って航跡を告げるのだ。目を凝らしたが、動転しているためか、私には確認できなかった。「船長の腕が良いから外した」と海員が言っていた。襲ってくる魚雷を次々に避けた。夜が明けるころ、ルソン島北端のアパリ港に船は着いた。

「治安が悪いから上陸できない」と海員から告げられ、やがて、島の西海岸を砂浜に接して南下した。焼ける太陽が輝きを増す白昼、「前方にヤシの実らしきもの漂流！」と海員が叫んだ。「総員甲板へ！」の怒号。船は規則正しいエンジンの響きとともに、その海域に接近した。船の作る大きな波に浮かんで流れているのは日本兵だ。木材に捕《つか》まったまま手を振って助けを求めている。甲板につないだ紐を外して筏《いかだ》を投げ込む。海員が怒鳴った。「駄目だ！船の筏《いかだ》は俺《おれ》たちの遭難用だ！」慌てて紐をほどく手を止める。陸は近いし、専門の救命艦艇が接近しているはずだ。

舟は漂流する兵隊たちの中に分け入り、瞬時も止まることなく、進行する。全員が甲板に立って、青い海を見つめ、魚雷の来襲に備える。そのとき、私たちの起居する船倉の蚕《かいこ》棚であぐらをかき、股にはさんだ一升瓶の玄米をすり子木で搗《つ》いている候補性がひとりいた。日頃、おっとりした特には目立たない人だったが、こういう煩悩を越えた人もいるのだ。彼は確か大阪外語フランス科の同級生で、三浦忠蔵と言い、三重県あたりの出身者で、不幸にして後に戦死した。

シンガポールに到着

おごる太陽もようやく陰り始めるころ、船はバターン半島とコレヒドール島の間を通ってマニラ湾に入った。涼しい夕風が吹き、湾内の海水は黄色く濁っていた。マニラ市内の灯がすぐ前に見えたが、船は動きを止めたまま一夜を明かし、翌日午後になってやっと接岸し上陸した。

スペイン人が築いたのか、苔むした低い石垣が残っていて、その陰で子どもたちが賭け事をしているように見えた。小学校の校舎を使った宿舎に入り、夕方の点呼で草の生えた校庭に出て訓示を聞いていると、足首を何かに刺された。ズボンをめくると大きな黒アリが食いついている。痛さに飛び上がり、叩き落として気が付くと草叢《くさむら》が盛り上がり、そこはアリの巣のようだった。食われた跡が赤く腫れた。あらかじめの注意は何もなかった。

翌日、外に出て、小さな店で駄菓子を買っていると、アメリカの戦闘機が1機かすめるように飛んで行った。マニラ市最初の空襲だという。軍票は一気に値を下げた。こんなところに長居は無用と、指揮班が船を探し、一週間後に古ぼけた貨物船でマニラを発った。途中、ボルネオ島の多分コタキナバル辺りに寄って水を補給し、そのまま出港した。夜になって雨が降り始めた。覆いのない船倉で木材に腰掛け、雨を合羽でしのいでいるとラジオの放送が「守るも攻めるもくろがねの」の曲をバックに、台湾沖航空戦の戦果を伝えた。航空母艦11隻、戦艦2隻などを撃沈したというのだ。史実によれば10月12〜16日の航空戦で日本は飛行機は約650機を失う一方、与えた損害は軽微だった。その後10月20日に米軍はレイテ島に上陸し、日米両軍の死闘が続いていた。

私たちはそんな苦闘のことは何も知らぬまま、シンガポールに11月3日到着。広くなだらかな谷間に作られた宿営地に入った。ちょうど明治節（明治天皇の誕生日）の祝日で、食事は赤い外皮の残った細長い外米、副食はマラッカ海峡で取れた白身の大きな魚のフライで、これがおいしかった。細身の外米もおいしかった。

スマトラ島に赴任

ボルネオ島で補給した水が悪かったのか、シンガポールで下痢が続いた。用便後に、すぐに便意を催す。絞るというのか、腸に何も残っていないのに何かを出そうとする。熱はないものの赤痢に似た症状だったが、やがて治った。この宿営地で2カ月近く過ごした。指導班が赴任先を探している風だったが、残りの者は朝から碁を打ったり、将棋を指すほかに仕事がない。任地はセレベス島で、飛行場警備担当と知らされたものの、その飛行場が戦局悪化で撤退したらしい。

街に出て本屋を探した。読み物に飢えていた。本屋の棚はがら空きで、通りにも人気がない。すると華僑《かきょう》が後を付けて来て、「マスター、たばこ、たばこ」という。下給品として渡される最高級のジャワたばこ1箱が、確か軍票70円ほどで売れた。軍の酒保では2〜3円で満腹できたから、この取引は悪くなかった。

年末になって指揮班がジャワに行こうと発議した。そこは乳と蜜の流れる里として憧れの的だった。まず宿営地を出て市内の宿舎に入り、ジャワ行きの船を探し、12月29日、トラックに分乗して波止場に向かって出発する直前、上部から行く先変更を命じられ、車は市内高台のシンガポール教育隊に向かった。

私はこのとき熱帯感染症のデング熱にかかって現地の陸軍病院に入り、教育隊には皆に何日か遅れて入隊した。その日、教育隊長室に行き、隊長に申告すると、隊長は「よし」とそれきり。戸惑っていると「よし、行け」と目で笑っていた。半長靴をどたどた引きずっている小柄な若い大尉で、歌にもうたわれた加藤隼《はやぶさ》戦闘隊（隼は愛称で、当時の陸軍を代表する戦闘機）にいたという。命令一下、迎撃に飛び立ち、そのまま帰ってこない、そんな風貌をしていた。私の兵役中、一番軍人らしかった。ややニヒルで、ちょっと悲しそうで。

こうして、1945年1月から4月末までをシンガポール教育隊で過ごし、この間一度、米爆撃機Ｂ29が1万メートルの上空を白く輝きながら飛んで行くのを営庭から仰いで恐怖を覚えた。その前後にシンガポールの地下陣地構築現場に立ち会う機会があった。工事をしているのは皆英国軍のインド兵捕虜で、作業を嫌がっている風には見えなかった。全員半裸で、中の一人の肉体は、レスラー風で輝くように美しかった。

卒業前の任地調査で、私はフランス語が通用している仏領インドシナを希望したが、成績が悪かったためか、スマトラ島第25軍司令部への転属となった。

5月下旬に同僚数人と小船でマラッカ海峡を渡り、半日、川をさかのぼり赤道直下の河港パカンバルに上陸した。軍司令部のある中央台地のブキチンギへのトラック便は明日というので、一人で宿を出て中華料理店に入った。一つしかない高窓の薄明かりで漢字を判読し注文するとニラの鶏肉炒めが出て、その肉のおいしさは格別だった。後で知ったがこの土地の鶏は放し飼いで、ときに30メートルほども飛んだ。

翌日、そのまま天に届くような一直線のアスファルト道路をトラックで走り、途中、象や虎が出るという湿地帯を過ぎたあと、中央台地のブキチンギに到着した。軍司令部で任地が決まり、私はただ一人、北部マラッカ海峡沿いの都市メダン駐在の第47兵站警備隊配属となり、トラックを乗り継いで着任した。メダンでは第1中隊付となり、その第1中隊のいるパカンバルにまた舞い戻った。その道中、連合国側が発表したポツダム宣言を切れ切れにラジオ放送で聴いた。この放送には強い印象を受けたが、日本はそれまで一度も敗北したことがないので考えようがなく、やがて忘れた。

すでに前年の11月には本土への空襲が始まり、年明けの1月に米軍がルソン島リンガエン湾に上陸、4月に沖縄本島に上陸し、いずれも悲惨な戦いを強いられていたが、私たちはそれらを露知らなかった。

降伏の報は数日後に

日本降伏の報が現地に届いたのは、降伏の数日後だった。中隊の全員を集め、小柄で年老いた中隊長が、地面の一段高いところに立って、それを告げた。兵隊は泣いた。中隊に編入されたばかりの見習士官だった私も、釣られて涙を流したが、その翌日には希望が湧いてきた。軍人の威張らない世の中の来るのが嬉しかった。

パカンバル郊外にオランダ兵捕虜の収容所があり、8月15日の前夜、捕虜たちは歓声を上げ、夜っぴて祝宴をはったという。裸電燈の明かりと騒ぎはゴム林の茂みを通して、朝まで絶えることはなかった。現地の日本部隊はまだ無条件降伏の報を受けていなかった。間をおかず、連合軍の飛行機が飛来し、ゴム林に囲まれた収容所の上空から食料と嗜好品を投下した。ゴム林のなかにパラシュートで飛散した贈物を拾い集めた捕虜たちは、一番デラックスな菓子を疇《あぜ》地中尉に届け、「おれたちがオランダに帰ったら、ウィルフェルミナ女王からあなたに勲章をもらってあげるよ」と言った。収容所長の疇地中尉がなぜオランダの捕虜からこんなに慕われたのか。水浴用の池を掘るとか、よく気を使って、できるだけの世話をしたようだった。

疇地辰之助氏は1937年三重高等農林学校を卒業。44年に召集、戦後47年に復員してからは三重県庁に勤め、71年農林水産部指導官を最後に退職、78年1月に亡くなった。奥さんの明子さんによると、戦地の話はほとんどしなかったという。オランダから勲章は来なかったそうだ。

オランダ民間人抑留所

東南アジア地域連合軍総司令官マウントバッテン将軍の夫人が衛生中将の資格で、戦後直ちにパカンバルの草地に飛来し、捕虜収容所やオランダ民間人抑留所を視察した。パカンバルから日本軍司令部のあるブキチンギに向けて50キロほど行った所に、男女の抑留所があり、バラックの男子抑留所では、3段ベッドの病床で病人を梯子《はしご》で上り下りさせていることが、にわかに問題になった。

敗戦とともに、私は、パカンバル司令部に直属する独立小隊に配属されていた。その小隊長は大阪市立大学出の若い気立ての良いぼんぼんだった。

「君、行ってくれるか」その若い隊長に言われ、私は兵数名とともに民間人抑留所に向かった。問題になった病室の3段ベッドを取り壊すためだった。ところが敗戦とともに主客転倒、オランダ人抑留者が証拠隠しだと取り壊しに強く反対したため、作業はできなくなった。私はついでに、抑留者の起居する2階から天井裏の3階まで見て回った。各階をつなぐのは階段でなく梯子だ。3階の横木の手すりにもたれて、やせ衰えた人々がいた。書物を開いたまま瞑想している哲人のような人もいた。その人々の目に敵意はなかったが、この抑留所長の若い大尉は、後に出国の際、メダン港の検問所で捕らえられたと風の便りに聞いた。上からの指示を守っただけの大尉と何くれとなく捕虜に心を配った疇地中尉との違いが、明暗を分けた。もちろん、国際法の教育など幹部候補生上がりの即成の大尉は、まったく受けていなかったろう。

ちなみに、オランダ人の捕虜と民間人抑留者に対する虐待で、第25軍司令官・田辺盛武中将、参謀長・谷萩那華雄少将、経理部長・山本省三主計少将、軍医部長・深谷鉄夫軍医大佐は軍事裁判の後に銃殺された。

男子の抑留所から3キロほど離れて女子の抑留所があり、「行ってみますか」と現地の下士官に誘われ、男子禁制の囲いの中に入った。日に焼けた顔、ボロボロの服、砂漠の民のような、白人とも混血とも分からない女性が1人腕を組んでテントの戸口に立ち、とがった目で私をにらみつけた。私は早々に退散する外なかった。

日本の降伏とともに開放された男女の抑留所を結ぶ道は東京の銀座よりもにぎやかになり、夫婦や親子が手をつないで日暮れまで別れを惜しんでいたという。一度に鶏肉を食べ過ぎて頓死した人も1人、2人いたとか。

インドネシア独立運動

敗戦後、私たちは帰国を待ちわびるだけだった。しかし新たな事態が起きた。日本が示唆した独立をインドネシア人が要求し、この際、日本軍の武器を自分たちに引き渡すよう求めてきた。他方、連合軍は住民への武器引き渡しを厳禁し、日本軍はそれに従った。そこで住民が日本軍の兵器庫を襲撃し、あるいは島内を移動する少人数の日本兵を襲い武器を略奪する事件が起きた。

ところで前記、私たちの小隊長は大阪市立大学でラグビー部に所属していた気のやさしい力持ちで、この小隊の大半を占める大阪出身の若い召集兵の間で人気抜群だった。

パカンバルの兵器庫も一夜、村民に襲撃されたとかの噂で、オランダ民間人抑留所の周辺も不穏な空気が漂った。インドネシア人は従来の支配者オランダ人を憎悪していた。そこで抑留所の安全を図るため、我が小隊長が部下七、八名とともに、早朝トラックで抑留所に向けて武器・弾薬の補給に出発した。ところが彼らが帰ってこない。

翌朝、パカンバル地区司令官の中佐が、捜索のため、私の小隊を含めた兵隊をトラック二、三台に分乗させ払暁に出発した。抑留所の手前にあるカンポン（集落）に差し掛かると、兵はトラックから下り、広く左右に散開し、鉄砲を打ちながら村に接近した。一発の反撃もなく村に入ると、壮年の住民が一人流弾を受けて即死し、傍らに若い奥さんが気が抜けたように立っていた。彼は親日家だったのに不幸にも流弾に当たった。

武力を背景に、憲兵が村の有力者を逮捕し、拷問を加え、小隊長以下の行方を尋問した。殺された我が将兵たちは近くの河原に身ぐるみ剥がれて埋められていた。当時、住民に衣料が不足していた。小隊長のトラックはこの村で休憩中、何かのきっかけで村民に包囲され、問答の末、全員が槍と刀で惨殺され、積んでいた武器弾薬が奪われたという。ラグビー部員であった小隊長は囲みを破って、抑留所に向け３００〜４００メートルほど逃れたところで倒れていたそうだ。

遺体と武器弾薬を回収すると、すぐにトラックに乗ってパカンバルに引き返すことなった。まだ明るかったが、暮れると危険だ。村を出てすぐ、往路になかった丸太が数本転がり道を塞いでいる。兵隊がトラックを降りて障害物を除こうとすると、周りの茂みから数人の村人が山刀をもって飛び出し、取っ組み合いになった。目を上げると、遠い先の畔道を女や子どもが列をなして逃げている。無駄な殺生だから、私が「止めろ」と言っても、「戦友の報復だ」と叫んで車上から機関銃を乱射する。多分、射程には遠いだろう、逃げる住民の列に乱れた様子は見えなかった。それでもぐずぐずはできない。横転した丸太の排除が終わると、すぐにその場を脱出し、日暮れごろに帰隊した。

小隊長が亡くなった後、私が30人くらいの兵と一緒にパカンバル地区司令部の近くに移り、司令部の衛兵所を担当することになった。地区司令官は叩き上げの中佐、色白の苦味ばしった男で、現地の女性を愛人にしていた。

衛兵所は司令部の入り口にあり、そこに兵隊が毎時5名ほど詰める。たまたま私がその衛兵所に立ち寄ったとき、司令部の経理部からジャワの高級たばこ2カートンを抱えて英国兵が出てきた。そのあとを年を取った主計大尉が「おい、待て！」と追っている。半袖の腕に入れ墨のある小柄な英国兵は日本軍にはなかったカタツムリ型自動小銃を構えて衛兵所に近づく。私は軍刀を持って立ち上がり、立哨中の衛兵は三八式歩兵銃を手に下げたまま棒立ちになった。私が立ったままで動かなかったのは、戦争が終わったあとで死にたくないとの思いが一瞬ひらめいたためだ。英国兵は自動小銃を構えたまま衛門を通り過ぎ、主計大尉は諦めて引き返した。

白昼強盗をみすみす見逃した衛兵所の過失は重大だが、その後何のとがめもなかったのは敗軍の兵の相身互いか。

乗船待機

スマトラにいる間、食糧に不自由はなかったが、島民は衣料に困っていた。朝の点呼で、ニッパ椰子でふいた兵舎を空け、全員、前庭に集合して体操している間に、雑嚢袴下《ざつのうこした》など、身の回りの衣料をきれいに盗まれた。スマトラという大きな島を盗んだ軍隊の兵士が、小物を盗まれて怒り狂った。ついに三度目にコソ泥の住民を捕まえた。体をしばって裏の井戸端に連れて行き、頭から水をかぶせ、赤道直下の陽の下で、水が乾くと、また井戸水をぶっかけた。昼前、下士官が青い顔をしてきて、泥棒が死んだという。行ってみると、薄く開いた土気色の唇、青い頬にまだ水の滴が光っている。井戸の周りには白い茶碗のかけらが転がっている。殺すつもりはなかっただろうが、もう生き返らせることはできない……。

困ったのは死体の処理だ。ここから軍司令部のある中央台地のブキチンギに向け、天に上るような一直線の道をトラックで半日、台地の手前に象の出る湿地帯がある。そこに死体を埋めるか？　途中で島民にとがめられたらどうする？　死体が浮いて清流に流れ出る夢も見た。結局、兵舎裏のゴム林の湿地に埋めた。夜になると燐が燃えていたそうだ。

ゴム林を隔てたカンポン（集落）から、男女取り交ぜた村人が遠くから、恐る恐る兵舎の様子をうかがっていた。おそらく帰ってこない夫の安否を気遣った妻が、その中に交じっていただろう。詫びようのない過ちだった。

そして年が明けてから、スマトラ島の残留日本軍にようやく動きが出てきた。南方の残留兵員を日本に運ぶ輸送船の順番が回ってきたようだ。帰国第一陣は陸軍病院の看護婦さんと軍司令部の要員たち。中央台地のブキチンギを発ち、河港パカンバルで乗船し、シンガポールに向かうという。私の小隊の下士官以下、兵数名が乗船時の警備で朝早く桟橋に行った。昼前、「岸本一等兵が岸壁と船の間に落ちて浮いてこない」。知らせを受けトラックの助手台に乗って駆けつけた。港は送る人送られる人で混雑を極めていた。

船のエンジンは鳴りっぱなし、船長はどこにいるか分らず、人々の喧騒は高まるばかり。船上には高齢の将官らしい姿も2、3人見られた。何の手立ても取れぬ間に時は過ぎ、船はやがて岸を離れ、茶色い河の真ん中をなめるように下っていった。岸本一等兵の死体は2、3日後、50メートルほど下流の濁った水面に浮上した。

乗船警備の前夜、酒の配給があり、小隊は夜更けまで軍歌を高唱し郷愁の思いを募らせた。宴は終わり、丸顔の岸本一等兵はずり落ちるロイド眼鏡を上げながら日本の看護婦さんを見る明日の楽しみを同年兵に語っていたという。文科系私立大学出身、家庭的には不遇で、郷里の大阪に一人の係累もいないとのことだった。

今にして思えば、狂ったようにわめいてでも、船長に船を離岸させ、捜索の手立てを尽くすべきだった。役立たずの見習士官だった。

パカンバル駐留の部隊にも待ちに待った帰国の命令が伝えられ、桟橋に近いゴム林に移動する前夜、酒の配給があって、我が独立小隊は夜更けまで軍歌を歌い、ニッパ椰子の兵舎での最後の夜を過ごした。翌朝はなじみの兵舎を後にし、集結地に運びこんだ荷物の間に私が腰を下ろしていたとき、不吉な知らせが届いた。

兵舎から集結地のバラックに向かう最後のトラック。何かの魔が差したのか、日ごろ温厚篤実な河野上等兵が走り始めたトラックのステップに掛けた足を滑らせ荷物を満載したトラックの後部車輪にひかれた。その夜、河野上等兵の遺体は小高いゴム林に掘られた穴に安置され、引き裂かれた木肌の白さが目にしむ生木を重ねて焼かれた。ゴムの木の火力は強く、燃え盛る赤黒い炎はゴムの緑の葉末をあおり、煙は南十字星の光る澄んだ夜空に昇った。

インドネシア人は火葬をしない。遺体を焼く炎から悪霊が立ち上ると恐怖する。異教の風習を憎む島民の襲撃を恐れ衛兵を立てた火葬の一夜は、白々と明け、河野上等兵の魂は天に昇った。あの実直な河野上等兵！　北陸のどこかの米屋の若主人とか。35、36歳だったろうか。日焼けした柔和な顔、利発な明るく澄んだ目、中背の丈夫な身体、慎み深い強い声、小隊一の優れた人柄だった。

1年後に郷里の岡山県に帰った私は、河野上等兵の実家に死亡報告に行かなかった。現地で急に集められた召集兵の部隊、一緒に郷里を発ったわけではないと、心で言い訳をしていた。しかし、年を経て、最愛の父を、夫を、子どもを、待ちわびていた一家が、戦後、家族の柱を永久に失った悲哀を考えた。父母はすでに亡くなられ、子どももはや壮年になられているにせよ、せめてお悔やみを申し上げに行こうかと、北陸の元新聞記者だった人を通じて、米屋の河野さんを手がかりに北陸近県を探してもらったが、見つからなかった。

3　JSP（日本降伏軍人）としてマレー半島で労役

マレー半島に移動

パカンバル川の波止場近くのゴム林のなかのバラックで乗船まで何日待っただろうか。兵隊たちは手持ち無沙汰で博打を始めた。隣合わせたパカンバル工兵隊の兵隊も夜になると、我が小隊に来て博打《ばくち》に加わっているらしい。工兵隊の隊長の北島という年配のまじめな中尉から、お宅が博打の火元になっているから消して欲しいと注意された。夜になって見回りに行くと、騒ぎが一瞬静まる。私が離れるとまた博打が始まる。どうしたものか悩みに悩んだ。社会科学など教わるのは戦後のこと、「一、軍人は忠節を尽くすを本分とすべし。一、軍人は礼儀を正しくすべし」。軍人勅諭を唱えて考えてみたが解決にならない。このとき、長と名の付くものの辛さを思い知った。兵隊だったらどんなに気が楽だろう。今後は金輪際、長と名の付くものにはなるまいと心に決めた。

軍司令部のあった台地のブキチンギから続々と下りてくる部隊を次々に送り出した最後

になって、1946年4月に、私たちが乗った伝馬船程度のポンポン蒸気は河港を離れ、茶色く濁ったパカンバル川を下った。武器はパカンバルに置いてきた。史実によれば、南スマトラの完全な武装解除は、私たちがパカンバルを去った7カ月後の46年11月で武器はマラッカ海峡に棄てられたらしい。

船がマラッカ海峡に入ると、水は澄んで薄い黄色だった。戦争中、シンガポールからスマトラ島に来たときは潜水艦に脅えたが、いまは船の下に潜水艦がいないと思うと大船に乗った気がした。

船はシンガポール沖の島に行き、そこで船待ちをするのだと言われていたが、伝馬船が着いたのはマレー半島西海岸のバトバハだった。上陸するとすぐに4列縦隊で行進を始めた。やがて腕まくりした1、2のやくざな英国兵が列の中に入りこみ、腕時計など目ぼしいものをかっぱらって消えた。ぱらつく雨の中、半島を横切り東海岸のメルシン近くまでを歩き通した。バターン死の行進の報復ということだったが、夜が明けると、トラックが来て、そこから北のエンダウに運ばれた。開戦時に英戦艦プリンス・オブ・ウエールズ号が日本海軍機によって撃沈されたのは、エンダウの北方クアンタンの沖合だったはずだ。

捕虜ではなくJSPの身分

広々と続く耕地を見わたす高台で、私たちを迎えたのは、半ズボンで薄茶色の長靴下をはいた血色の良い英国軍の中佐で、手にステッキを持っていた。彼が一人でこの広い農園を管理しているようだった。エンダウ地区で２８００余名を集めた投降日本兵労務者に対して、そのような管理が可能だったのは、日本軍が敗戦後も軍隊秩序を維持していたためだった。この英国軍中佐に会ったのはこの時だけで、その後、彼の姿を見たことは一度もない。

高台を下って、指定されたバラックに向かっていると、ぼろぼろの半ズボンに上半身が裸の真っ黒に日焼けした乞食のような一団が現れた。彼らは私たちの前にこの農場に入った投降兵だった。彼らと見比べると我々は色白くひ弱だったが、我々もやがて上半身裸で作業し、皮膚が水膨れになって一皮めくれると、彼らと同じにどす黒くなっていった。

ところで、東南アジア連合地上軍司令部（ALFSEA）は日本の降伏が決定的になった時点で、70万人にのぼる現地日本軍を「捕虜」として抑留する場合、ジュネーブ協定で定められた給与でこれを管理することは困難だとした。そこで、日本軍が自身の補給で生き延びるように、降伏した日本軍将兵をＰＯＷ（Prisoner of War＝戦争捕虜）ではなく、ＪＳＰ（Japanese Surrendered Personnel＝日本降伏軍人）と定義するよう地上軍指揮官に命令した。

この英蘭軍の考え方は、「捕虜」の名を極端に嫌う日本側に受け入れられ、こうして東南アジアで降伏した日本軍将兵はＪＳＰとして、帰還船の少なかったことと併せて、１９４８年1月に日本への送還が完了するまで、現地労務に利用された。

このＪＳＰの由来には異説もある。１９４１年、陸軍大臣東条英機が示達した「戦陣訓」に「生きて虜囚の辱《はずかし》めを受けず、死して罪過の汚名を残すこと勿《なか》れ」の一節があることで、捕虜を出さない教育を徹底していたことから、「捕虜（戦争中は俘《ふ》虜と言った）」の呼称を用いず、「日本降伏軍人」（ＪＳＰ）として扱うよう、日本政府が連合国側に要請したというものだ。だが、真相は前者のようだ。ちなみに、米軍の占領地区では、日本降伏軍将兵は「捕虜」として扱われている。

私たちはこのような降伏後の身分を全く知らず、普通に捕虜として働き、帰還船の順番を待っているのだと思っていた。私たちがＪＳＰとして働いていたことを、戦後70年余を過ぎた最近になって初めて、内海愛子・恵泉女学園大学名誉教授に教えていただいた。ＪＳＰの研究はまだ始まったばかりだそうだ。

ブッシュの伐採

エンダウにおける最初の作業は低木の伐採だった。バラン（現地で使われていた山刀）で木や枝を払って雑木林を原野に変えるのだ。一日の作業量が決められると、日本人はやたらに働いて午前中に仕事を済ませ、昼になるとさっと宿舎に引き揚げ、水浴びをして、好きなように時を過ごす。仕事を早く仕上げると、次回は仕事量を増やされる。せめて午後3時頃まで現場に残っていてくれと、指揮官が頼んでも、言うことを聞かない。日本人は請負が好きで、常用を好まない。その点、英国の捕虜は一定時間こつこつと働いていたし、オランダの捕虜はおおむね怠け者だったと、捕虜係をしたことのある寡黙で聡明な兵長が言っていた。

宿舎に帰って何をするかは、それぞれの自由だが、褌《ふんどし》一つであぐらをかき、卓を囲む麻雀は彼らの好みの一つだ。その牌《パイ》は紫檀《したん》のような木片に東南西北を刻んだ精巧極まる美術品だった。彼らは自分の手でこの牌を彫り上げていた。

伐採をした枝や葉が乾いたころに火を付けると焼き畑が残る。広々とした焼き畑の真ん中に30メートルほどの高さの木が一本焼け残り、ある朝、その木に1匹の猿がいた。食べられるものは蛇でも何でも食べていたときだ。私たちがその木を取り囲むと、猿は絶体絶命。木の天辺まで上り詰めた。網はない。木を切り倒すか……皆が今晩の猿汁を思って唾を飲みこんでいたとき、猿は木の頂から斜めに私たちの頭上を越えて焼き畑に飛び降り、そのまま消えてしまった。

焼き畑の後は開墾だ。鍬《くわ》をもって横一列になり、それぞれ2メートルほどの幅を受け持って耕して進む。私は頑健な方ではなかったから、身体の丈夫な下士官の横で一緒に耕して進むのは辛かった。ここでも日本人は鍬で土を掘り返すと、次は一段前を掘り返し、それを掘っていない地面にかぶせ、一段分、鯖《さば》を読むのだ。それを「下駄を履く」と言っていた。そうして請負量を昼前に上げ、昼になるとさっさと宿舎に引き揚げ麻雀の卓を囲むのだ。

この開墾地に入った当初は空腹でたまらなかった。レーションと呼ばれた連合軍一食分のアルミ箔の1缶を、たぶん1日分として与えられたのではなかったか。赤子の掌《てのひら》大のビスケット4枚くらいが1食だったこともあった。だが先に入植したJSPに教えられ、周りの地面にサツマ芋の茎を差しておくと3カ月くらいで地下に芋が実る。芋を収穫した後に茎を差しておけば、順繰り順繰りに収穫することができるようになり、もう飢えに苦しむことはなかった。

それでもジャングルに入って、象の大きな糞を見つけたときには震え上がって飛んで帰った。野生の象の恐怖はあとで何度か夢にまで見た。開墾して種をまいた翌朝、畑の土に虎の足跡を見つけたこともあった。

刃傷沙汰もあった。パカンバルの船待ちで隣り合わせだった工兵隊とは、エンドウのバラックでも隣り合わせだった。その工兵隊の兵舎で「表に出ろ」と一人の兵隊がバランを両手に持って飛び出した。続いてもう一人もバランを両手に持って飛び出し、にらみ合った。勝負は一瞬のうちについた。後から出てきた、喧嘩を売られた方が売った方の男の両腕を電光石火の早業で斬り落とした。切られた男は入院して一命は取り止めたらしいが帰国を前に起こった惨事だった。

壁新聞の最終号

内地からの情報も伝わってきた。最初に問題になったのは民主主義の意味だ。大河内という名家出らしい東大経済学部出の将校が、この言葉は政治用語だと言った。私は思想用語だと言って譲らなかったが、どうやら私の意見は床屋談義だったようだ。古橋広之進が水泳で世界新記録を出したとの報も伝わってきたが、飢えに苦しんでいる日本人が、どうして世界新記録を出せるのか理解できなかった。新憲法が話題になったことは一度もない。

日本人の憲法意識の低さの反映だろうか。
私はこのキャンプで壁新聞を作った。その第二三号と二五号（最終号）だけを記念に持

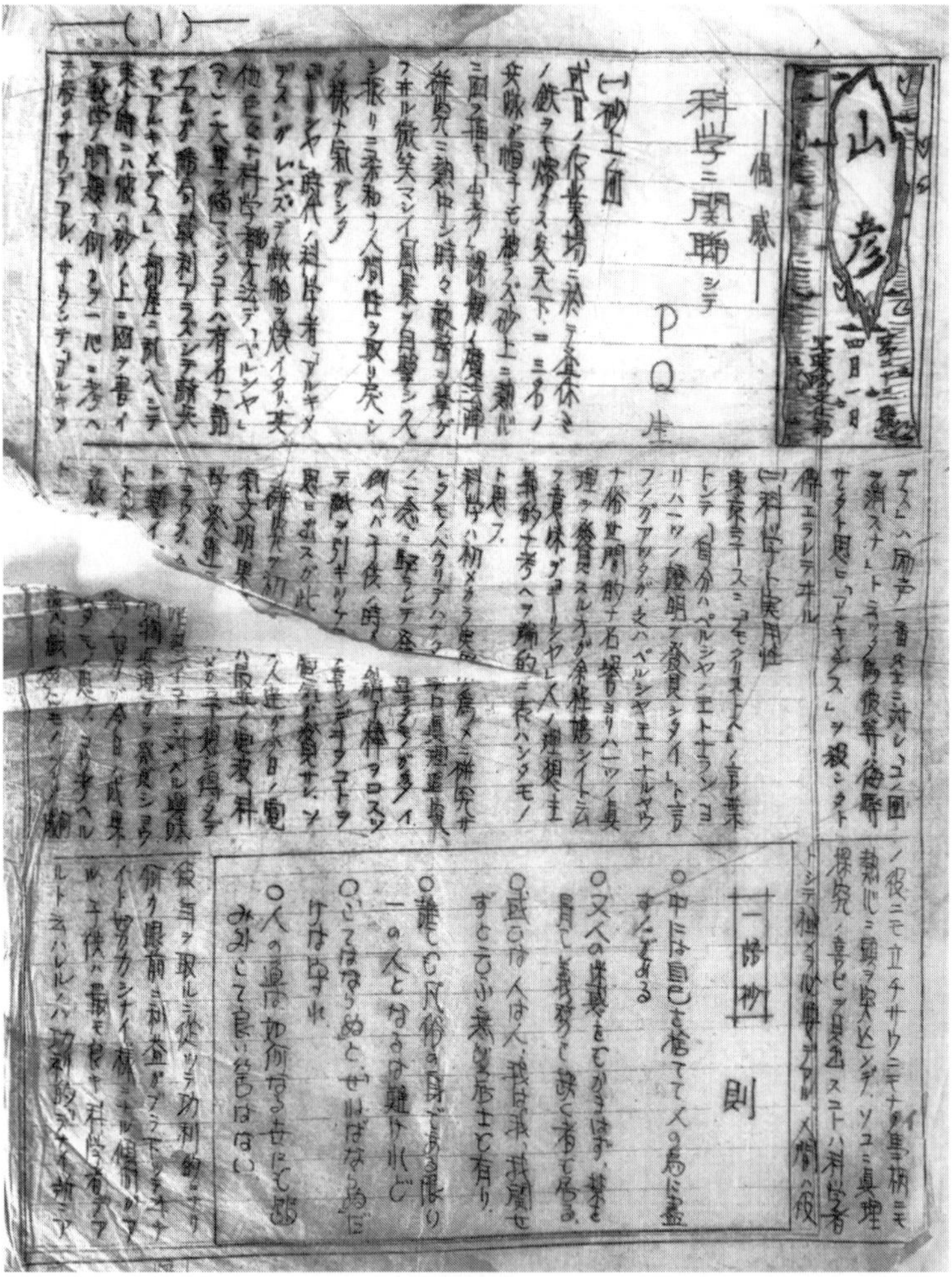
山彦
一隅感
科学ニ関聯シテ
PQ生
一語抄
則

「山彦」（第23号）のフロントページ（第1面）

ち帰った。壁新聞の名前は「山彦」、発行は第四大隊文化部となっている。エンダウ地区には第一～第六大隊まであった。

マレー半島南部で、私たちのキャンプは「エンドウ四大」と呼ばれ、ほかに「クルアン衛生隊」「クルアン輸送隊」「クルアン栗林隊」「タンピン」「クルアン南三通（信隊）」「セレンバン四技」「セレンバン」「エンダウ作（業）本（部）」「クルアン海（軍）二作（業隊）」「クルアン海一作」「クルアン演（劇班）」「クルアン司（令部）」と呼ばれるキャンプがあったようだ。「エンドウ四大」は総勢400～500人いただろうか。「第二三号」の発行日は「四月一日」で、たぶん1947年だ。

「編集後記」にはこう書かれている。

「四月、我々は昨年末既に望みを断たれた思ひにて今頃はさぞかし自暴自棄に陥ってゐる頃だが……。我々は勝った。斯くして肉体的にも精神的にもエンダウ十ケ月の生活に戦ひ抜いた。のみならず寸暇を割いた文化運動の歩みは尊い結晶を結びつつある。遠からず……。内還の決定と共々結実を見る日も。『山彦』も恐らく四月中に或は五月中に最終号を送るのではないかと、編集子も胸躍る想ひにて茲に四月上旬号を（k）」

これで見るとエンダウの現場には前年1946年6月ごろ到着したようだ。「第二五号」は「四月二一日」の日付で、その「編集後記」（k生）は左記の通り。

「○第二次梯団の命下る○続いて第三次も○愈々本格的の内還が開始された○当四大隊もその喜びに湧いた○近く其の半数は出発することになる○昨年五月以降の雨に日に流した汗の努力もみんな今日のためだった○先発（後に残る吾々はこう呼びたい）の方々には永らく御苦労様でした○忍苦の作業隊生活の体験を無駄にするとしないによって○新日本の建設も決るのではないでせうか○願はくば此の気持ち、此の生活を御忘れなく○一日も早く内地に新生の根を下ろして○混沌たる闇の世を明るく導いて後より帰る者達暖い手で迎へて下さい○何れの地に於ても文化的向上なくして将来に復興も発展も平和もありません○帰る人も残る人も更に更に此の点御忘れなく○それが〝山彦〟の歩んで来た道でもあり、亦目的でもありました○尚本號限り小生も編集の筆を擱く心算です。愛読を感謝します」

カーボン紙を挟んで薄紙5枚ほどを重ね書きしているため、薄れたり、引っ掻いたりしているところを判読すれば以上のようになる。

戦争で敗北したことから、文化によって日本の復興を図る思考は、外地・本土に共通の認識になっていたようだ。なおこの号に「ジープ」という題で募集した川柳に「英兵はジープの中で脛《すね》抱え」が1席に入っている。これは編集に協力してくれた北陸出身の伍長の作で、いまも記憶に残る秀作だ。

「第二五号」には「思ひ出の演芸会」として1947年1~5月の公演リストが載って

いる。敗戦後、現地にとどめられた兵士の願いは帰国以外になく、抑留期間の最高の娯楽は演芸会だった。無事に帰国するためには軍の組織に従う以外になく、他方、アジア諸民族の解放などという志向はさらさらなかった。

『馬南歌集　残響』届く

1947年4半期を過ぎ、エンダウの私たち作業隊にもようやく帰還の動きが伝わってくるころ、『馬南歌集　残響』が私に届いた。馬南とはマレー半島南部の意味だ。発行元は馬南のクルアンにある日本軍司令部文化班で、先に短歌募集の案内があり、それに応募した作品が掲載されていた。それは美しい手書きの文字を謄写版印刷したもので、ほぼB5判で34ページの上品な作りだ。

そこには馬南に散らばる28人の作品が収められており、異国で働くJSPの日々を追想できる貴重な資料だ。そのうち最も痛ましい2氏の作品のみ、以下に掲げる。

クルアン栗林隊　矢野富久二

妻も子も戦災に死す

家は焼け妻子も死すと便り来れどとらはれの身のおぞにすべなく
かへりなば先づ何云ひてなぐさめむと思ひゐがきて今も待ちしを

苦しさも怒りもなべて吾を待つ妻子がためとしのび来つるを
いくさ火のさかるさ中に抱き合ひ死にゆきにけむ吾が妻と子は
みんなみの吾にこたへて生きぬかむ戦ひ抜かむと言ひよこせしが
還りゆきてひと目し逢はゞその日にも共に果つとも悔ひはなかりし
いまよりの暗き世に在りていかに生きいかにすごさむ妻も子も亡し
妻あらば子在らばと思ふふるさとに帰らむ日さへいまはあてどなく
うつし世に逢ふ日は永久になき妻を夜毎の夢に逢はまく欲るも
年長けし姿はしらず吾れが子の幼きいのちやきしいくさ火
吾子英樹辿る黄泉《よみじ》路は暗くとも母どちなれば安らけく行け
丈夫われ屈辱《はぢ》多き日を生きあるにわが妻と子はいくさ火に死す
うたかたの世にありそひし妻と子を無惨に焼きて平和はきたる
この年のかなしみすべてすゞがむと年越す今日をひとりみそぎす
亡き妻も亡き子も来たれかなしみの年逝く今宵ともにすごさむ

明けゆく郷

故陸軍上等兵　木村久夫

昭和二十一年五月二十三日　チャンギーに刑死

雨音に鳴く夏虫の声きけば母とも思ふ夜半に目醒めつ

悲しみも涙も怒りも尽き果てゝこの侘しさを持ちて死なまし
みんなみの露と消えゆく生命もて朝粥すゝる心悲しき
朝粥をすゝりつ思ふ故里の母よなげくな父よ赦せよ
友の征く読経の声をきゝながら己が征く日を指折りて待つ
おののきも悲しみもなし絞首台母の笑顔を抱きて行かなむ
明日の日に如何なる郷にゆくならむ極楽といひ地獄といふも
夜は更けぬしんしんとして降る雨に佛のお召をかしこみて聴く
つくづくと幾起き臥しのいやはての此身悲しき夜半に目覚めつ
風も凪ぎ雨もやみたり爽やかに朝日を浴びて明日はいでなむ

木村久夫氏の消息については、『きけ　わだつみのこえ』（岩波文庫1982年7月刊）にも23ページにわたる記載があり、そこには「チャンギーに刑死」の真因を窺《うかが》わせる次の数行がある。

「私は生きるべく、私の身の潔白を証明すべくあらゆる手段を尽くした。私の上級者たる将校連より法廷において真実の陳述をなすことを厳禁せられ、それがため、命令者たる上級将校が懲役、被命者たる私が死刑の判決を下された。これは明らかに不合理である。」

京都大学経済学部在学中に召集された木村氏については高知高校時代の恩師・塩尻公明氏他による追悼の著作がある。日本軍と住民の間をつなぐ通訳を務めたことが戦犯容疑の要因になったようだ。

『みちくさ』に見るJSP

『馬南歌集　残響』に1カ月ほど遅れて、エンダウ作業隊から『みちくさ』という冊子が発行された。作りは『残響』に比べて粗いが、短歌をはじめ詩や随想、挿絵などが入れられ、JSPの生活を伺わせる内容だ。以下にそのいくつかを紹介したい。

この随筆はJSPの居住地を素描している。

昭南バル雑感

露木公一

私たちの住んでゐるこの部落は日本軍政の頃、多くの華僑を食糧増産のため移住させた〝新昭南村〟のなれの果で、今も現地住民の間に〝昭南バル〟と呼ばれて親しまれてゐるのは悲しい戰争の名殘りである。

この昭南バルの通りを、私たち兵隊の間ではエンダウ銀座などと云ってゐる。本当のエンダウの町は、この部落を抜けてメルシン街道の舗装路に出て、二哩（マイル）

ほど西に行ったエンダウ河の流れがボルネオ海の黒潮にそそぐ所にある。そこには立派な學校や回教廟があるとか云ふが行動區域外なので日本人は誰も行くことが出來ない。

〝昭南バル〟には、二、三軒の茶室と晝《ひる》も椰子油の暗い灯が焔をあげてゐる野豚を商ふ店や、一把みばかりの青葱を並べておく店、赤い墓ローソクの目につく荒物屋などが軒を連ね、物の腐った臭の中に椰子砂糖を煮る甘い香りが道路にまであふれ出てゐる。

英軍の監視のゆるやかであったひところは比較的財閥の海軍さんの夕涼み姿がこの銀座通りによく見受けられたものである。

新しい食パンが山のやうに積んである茶室のテーブルに熱いコーヒをすすり、どこで手に入れたのか、まだ配給の無かった頃を英国産のネビイキャツの煙を輪に吹いてゐる海軍さんの姿は、私たちに羨ましいと云ふよりおどろきであった。

私たちはこの昭南バルの部落はずれにある古い華僑の家を借りて改造して住んでゐるがアタップ（茅葺《かやぶ》き屋根）が古いために、雨の強い日は霧の中に寝てゐるやうである。

部落から西を望むと日本作業隊が開墾した茫々たる水田の今を盛りの稲の花の向ふに低い山がうす紫に連なってゐる。この連山の中に富士に似た山があって私たちの間ではエンダウ富士でとほってゐる。

夕焼けのころなど、エンダウ富士はあかあかと燃え胸の中に小さい嵐となり私たちを望郷に駆りたてるのであった。

次の小品はＪＳＰの生活を潤した演劇のことを語っている。

演劇のことども

蓬田九郎

永い抑留生活——うす暗いどん底の生活に呻吟《しんぎん》し喘いで來たとはいふものの、私には比較的潤いのある環境に恵まれてゐたと思ふ。その一つは機関紙「ゑんだう」の編輯に携はって、作業の中のいく日かを割いてそれに当たらせて貰ひ、その出來不出來はともかく、精力のかぎりを盡して育てあげ、カハン移駐で手を引くのやむなきに至るまでに九號を出し得たこと、その二は「ゑんだう」によって多くの知己を得たといふこと（その主な人によってこのパンフレットは計画された）、その三は演劇への接觸が多かったことである。

應召する前、映画といへばニュース映画さへ見なくなってゐた私だが、新劇だけは築地や飛行館で演《だ》される度に欠かさず行ったから、観る方にかけては人後に落ちなかったつもりだが、盛んなエンダウの演劇を観てゐる中に「ゑんだう」を通して劇評をやり、はては脚本を書き、演出をやり、出演までもしたのだからわれながら、ふり返ってみると汗顔ものである。正木不如丘の「木賊《とくさ》の秋」を脚色し演出したのが私自身としては最も野心があった。その出來榮えについては、自分で観客として観てゐないのだから何んとも云へないが、少なくとも私生涯の最も楽しい思ひ出の一つになろうと思っている。

素人演劇といふものは、稚拙でありながらひたむきに喰ひつき、効果を知らぬだけに野放図な企劃を敢えてするところにこそ、よそには見られないよさがあるやうである。例へてみれば、山育ちの娘の粗野な美しさのやうに。口紅をぬりハイヒールをはいた都會娘の美は目を奪ふ事はあっても、その魅力は山育ちのそれに及ぶべくもない。馬南劇団は、演技も衣装も装置も照明も、作業隊には到底のぞめない程秀でてはゐたけれど、山育ち娘がハイヒールをはいたやうな味がして、作業隊の拙い演劇の方が私は好きだった。人は余り認めてゐないが「復員さん」など、いまでもありあり目に殘ってゐる。殘念ながら移動とともにカハンへ行き、本部分室勤務でエンダウに戻って來たときには、「修善寺物語」はやったあとであり、「父親」のときは留守番で見逭したが、ともに「復員さん」を遥かに抜く好評を博したらしい。思へば作業隊の演劇陣も日を逐ひ月を経るに従って、興行的に堕すべきところを次第に程度を高めて行ったのは大したものである。

復員第一陣をどっと出し、我々グループの中でも多くの人々と別れねばならなくなった今日、更に又、殘ったわれわれのこれからのあり方の予測がつかぬ今、再びかかる盛大な素人演劇に接することはあるまいと思はれるが、演劇を中心とする思ひ出も亦忘れがたいものになるだろう。これからどういふ運命が私たちの前に展がるかは知れないが、無事内地へ歸還したのち、内地の生活のきびしさにうちしがれて、エンダウのあけくれを戀ふることにでもならなければむしろ幸ひだと思ってゐる。

次の短歌は囚われた日々の情感を伝える。

短歌

今村星児

芋を食《は》みむしろにい寝《ね》の丈夫《ますらを》は 流れに染《し》まず大和魂
屈辱に耐ふる運命《さだめ》の厳《きび》しさを 裸男《を》の児の労働《はたらき》に見よ
諦めて足らふ朝夕《よ》か一はちの 粗食に寄する生きのいとなみ
世の移りなべては憂しと歎かるる 此の身彼の身に恙《つつが》あらすな
暑き陽に働き居れば飢《う》ゑ渇き 寸時《しばし》憩へば故郷《くに》を思へり
あげつらふ心籠《こも》れど成行きに 命委《ゆだ》ねて日々は疎《うと》まし
あどけなき女形《おやま》の所作《しょさ》は目に著《つ》きて 妻の仕種《しぐさ》をしのぶ此の宵

現地の気象についての随想もあり、ＪＳＰの悲哀をユーモラスに表現。

雨

大須賀　蓁

此の頃の雨気象を三降雨晴と云ふ人がゐる。

凡そ南方の暑さを此のエンダウに來て、しみじみと感じたやうに、雨の有難みも作業隊ならばこそ——而も、三日降りつづけばその間、キャンプで寝ころんでゐられるとなっては、いよいよ〝雨神様〟さまさまである。北東の空が曇ってくると、誰れ彼れとなく、天気予報が始まる。

現地人の予言を自分の手柄として、まるで曜日を言ふ様に〝明日は雨だ〟と言ひ切る人、又気象聯隊出身を鼻に、〝今日は一日中絶対に止まない〟と断言する人。然しづぶの素人の見解も先ず大同小異であり、はずれても当たっても大差ないのであるから面白い。何れにしてもこんな事を話してゐることが、何となく明るく、うれしくなる事は誰しも同じこと——

作業時間の直前からぽつぽつやって來ると、兵隊さんの気い事（注：気早い事）。早速毛布を敷き直すもの、麻雀の卓を引き出して今日のレンチャンを楽しむもの、又ギターの音はと、各人めいめいが思ひ思ひに雨の日の楽しみに入るのである。こんな時雨足が細々となって、うす日でも射しそうになった時の落ちつかぬ事〝一ッそ晴れて了へ〟と言ひ度くなる。

やがて晴れて了ったこんな時こそ、降ったり止んだりで山の作業場であちらの木かげ、こちらの木株と、濡れネズミになって待機してゐる姿は全く敗戰のあはれさである。こんな時の雨は余り有難くないが、又永く降る雨も陰鬱そのものである。本部の建物は見掛けは全く立派だが、その実「洩る」を超過して「降る」のである。

雨にも、たまには不機嫌な時がある。土曜日からもう四日も降りつゞゐたが、せめてもう一日と云ふ切ない願も叶はず、今朝はすっかり日本晴れ、やれやれと特に親しんだ塒《ねぐら》をたたんで集まる時〝水田は水が多くて作業なし〟とおふれが出てワッとばかり散會。その一日は特に楽しみである。

雨の余恵と云ふべきであろうか。

長崎に帰還

思えば1946年5月、マレー半島南部の東海岸エンドウに到着、6月に開墾作業を始めてからちょうど1年後の47年5月、JSPの生活をやっと終える日が来た。

私たちはまずシンガポールに近いクルアンの英軍基地に移った。ここの英兵はすべてインド人だった。高さ1メートル、左右20～30メートルのレンガ塀を作るように指示されたことがあって、兵隊と一緒にセメントでつないでレンガを積んだが、上下も左右もぐにゃぐにゃで、すっきりしたレンガ塀にならない。いちど崩して積み直してみたが、やはりうまくいかない。終業時にインド人の兵隊が来て、全部崩してしまった。しかしインド兵は鷹揚で、怒ることもなく、そのまま済んだ。

この営庭で、私は動き始めたトラックに飛び乗ろうとし、ステップを踏み外して転落した。たまたまトラックが右に曲がったので、危うく難を逃れたが、河野上等兵と同じ運命をたどるところだった。

クルアンで約4カ月過ごした後、トラックに乗ってシンガポールに向かい、その波止場で復員船を見上げた。それはアメリカの規格船で、9月29日乗船、びっしり詰めこまれ、畳1枚に3人ほどの割合で、寝るにも仰向けで膝を立てていなければならなかった。眠ると膝が開き、人の身体に触るとあわてでまた膝を閉じた。一夜、台風を経験した後、10月4日に長崎県南風崎《はえのさき》に入港し、上陸するとき白いDDT（防疫・殺虫剤）の粉を頭から振りかけられた。あのころ日本の少女は髪を七三に分けていたが、その分け際の生地の白さが目に染みた。

郷里の岡山県津山市に帰り、1カ月したころか、シンガポールでかかったデング熱が再発した。しかし私たちは全員離隊時にキニーネ（マラリアの治療薬。解熱剤としても用いられた）を各一瓶支給されていた。現地住民には垂涎《すいぜん》の的《まと》の特効薬だった。その黄色く苦い粒を2～3錠飲むと、すぐに熱が下がり、それきり再発することはなかった。

1年後の1948年12月の末、山国の寒い日暮れ、湯殿で五右衛門風呂に入ろうとしていると、いわゆる東京裁判で判決を言い渡されたA級戦犯処刑のラジオニュースが流れた。湯船に漬かったまま、いっとき深い形容しようがない感慨にひたった。軍国主義日本と別れる最後の日となった。

4　復員・国労書記・国鉄詩人連盟

復員・上京

復員船はアメリカ規格の船舶で船内は鮨《すし》詰め状態。帰還したら田舎で塾を開いて青少年を錬成するなどという将校の先輩もいたが、私にそんな気はさらさらなかった。もともと軍人が嫌いだったから敗戦を喜び、復員すれば学生のときに読んだフランスの作家スタンダールの情熱恋愛をしようという野心に燃えていた。スタンダールは恋愛を、情熱恋愛、趣味恋愛、肉体的恋愛、虚栄恋愛の4つに分け、情熱恋愛を最高位に位置づけた。

長崎から郷里へは汽車で帰り、両親、姉弟にいそいそと迎えられた。

翌年になって、東京にいる義兄の伝《つて》で岡山市の民主商工会に事務員として勤めた。この民主商工会は1年足らずで辞め、翌1949年に上京することにした。当時は米穀通帳持参で、寄宿先のない人に東京への転入は禁止されていた。幸い義兄が東京在住だったため希望が叶《かな》えられた。戦後の混乱期、復学よりも日々の糧をどう得ていくかを優先しなければばならない時代だった（その後、母校から卒業が認められた）。

義兄の川崎堅雄は戦前からの共産党員。戦後、再び労働組合活動を始め、後に全日本労働総同盟（同盟）の事務局次長を務めた。もともと私の母の姪、橋本辰代さんが上京し、板橋区で産婆（助産師のこと）を開業していて、その夫の西村祭喜は同じ岡山県北の出身だったが、1927年に漢口（中国湖北省の水陸交通の要地。現武漢市）で開かれた第1回汎太平洋労働組合会議に日本代表として出席するほどの大物で、その西村の勧めがあって、刑期を終えて出獄した川崎堅雄と私の姉が結婚していた。

だからといって我が家が左翼だったのではなく、ただ「主義者」は真面目だということで、縁組みの障害にはならなかった。ちなみに板橋の産婆の妹、橋本菊代さんは私より20歳ほど年上の従姉だが、義兄の影響で共産党員になり、1929年の4・16事件で投獄され、刑期を終えて出獄したあと、ときどき帰郷して津山市の我が家に泊まった。菊代さんが帰省する2、3日前に必ず特高（特別高等警察。戦前の思想犯罪を取り締まる警察）が我が家に来て菊代さんの立ち寄りを予告していた。

私が義兄を頼って上京したのは、何かの運動のためではなかった。このころの私は左翼とその運動への知識も、理解も皆無で、私の心を占めていたのは大都会への憧れだけだった。

義兄は当座の仕事として東京無所属労働組合に、書記の職を見つけてくれた。この組合は名前の通り、左派の全日本産業別労働組合会議（産別会議）にも右派の日本労働組合総同盟（総同盟）にも属さない中立の全国組織で、傘下には毎日新聞や三省堂書店などの労働組合が入っており、事務所は千代田区神田神保町の三省堂書店の2階にあった。
私はここに勤務し、夕方は近くの御茶ノ水のアテネ・フランセの夜学に通った。この組合事務所で用を足すには、三省堂の事務室の真ん中を通らなければならず、通路の脇で仕事をしているお嬢さんに、私は夢中になり、何かで彼女が少女歌劇のファンだと知り、宝塚の東京公演の切符を買い、終業時間を見計らって外で彼女を待ち受け、その1枚を渡した。当日、私が東京宝塚劇場の指定席で彼女の現れるのを待っていると、見知らぬ女性が隣の席に座り、聞けば彼女の妹だった。初めて見る少女歌劇も子どもだましで面白くなく、散々の結果だった。

東京無所属労組の書記の仕事に就き2、3カ月経ったころ、「国鉄労働組合（国労）の文化教育部で書記を募集しているからどうだ」と義兄に言われ、その就職試験を受けた。国労は東京駅丸の内北口の向かい、運輸省ビル5階に2部屋を借り、そこを組合事務所にしていた。応募者は私を含めて2人。試験問題は「弁証法について記せ」というもので、常識の範囲で答案を書き終え、運輸省の正面玄関に出ると、そこには、シベリアからの帰還者の群れが、「国鉄労組がんばれ」と高唱していた。彼らは舞鶴から故郷に帰る途中、東京駅で下車し、当時スト宣言をしていた国労を激励に来ていたのだ。

結局、私が採用され、1949年7月から出勤した。出勤の初日だったか、団体交渉をする相手の下山定則国鉄総裁が突然行方不明になった。その日、組合事務所に執行委員はまばらだった。当時、国鉄労働者9万5千人を整理対象にした行政機関職員定員法に対する闘いを巡って、左派と右派が対立し、それぞれが派閥の打ち合わせに走り、組合事務所を空けていた。そんななか、事務所に出ていた前副委員長、当時文教部長だった菊川孝夫氏が「朝鮮人の仕業だ！」と叫んだ。今思えば何の根拠もない、偏った本人の直感だった。

文教部の書記には、敗戦直前に獄死した哲学者・戸坂潤氏の長女嵐子さんと京都大学哲学科在籍の右島洋介氏がいたが、右寄り執行部が成立したとき2人とも出勤しなくなり、それで欠員が生じたようだった。20～30人いる組合書記のうち書記と呼べるのは、この2人を含めて3人ほどで、あとは鉄道職員の子弟で単なる事務員だった。

メーデー事件に遭遇

当座の腰掛けのつもりで国労に勤め始めた翌50年、6月28日から北海道・登別で開催された国労第8回定期大会に向かう車中で朝鮮戦争の勃発を聞いた。思いがけない報道に、同行の文教部執行委員渡辺忠雄氏と暗い顔を見合わせた。登別大会は、ソ連などの参加を求める全面講和、戦争反対、永世中立の講和3原則を決めた。これが後に社会党及び総評による平和4原則の先駆けだった。51年6月に新潟で開催された国労第10回定期大会では、「平和4原則棚上げ・政治的中立」の愛国的労働運動と「平和4原則堅持」の2案が大会に諮《はか》られ、後者が圧倒的多数で採択された。会場が騒然とするなか、この決定を契機に国労の民主化同盟は左右に分裂。これはさらに社会党や総評の左右分裂に及んだ。

52年4月、日本労働組合総評議会（総評）はメーデー会場として、皇居前広場の使用不許可を取り消す訴訟を起こし、4月28日、東京地裁は「表現の自由を侵害、違憲」として総評の主張を認めたが、政府が控訴し、広場の使用不許可は維持された。メーデーは3日後に迫り、止むなく明治神宮外苑広場がメーデー会場になった。

5月1日、私は国労本部の1員として同広場のメーデーに参加した。4月28日に対日平和条約が発効し、この日は日本が独立を回復して初のメーデーとなり、2年前にマッカーサーによって発行を停止されていた日本共産党の機関紙『アカハタ』の復刊第1号が、晴れ晴れと公園広場で売られていた。他方、共産党幹部は50年6月に公職追放され、徳田球一書記長は地下に潜行し、有名な徳田さんのメーデー演説は聴けなかった。

集会では、1団の活動家が「人民広場を奪還しよう」と叫びながら演壇に殺到し、会場は騒然として、集会は文化行事などを残して早々に切り上げられ、5コースに別れてデモ行進に移り、国労の隊列は昼ごろ終点の日比谷公園に着いて解散した。

私は一人野次馬として皇居の方に出てみると、はや日比谷交差点のあたりで乗用車が横転して煙が上がっている。馬場先門ではデモ隊が長い竹竿を構えて警官隊に突入し、逃げ遅れて捕まった警官が堀に投げ込まれており、私も思わずそれに加勢して警官を堀まで運んだ。

広場の中で一進一退の攻防が3時間ほど続いたあと、ついに警官隊に制圧された。世に言うメーデー事件だ。流血の惨事となり、警官隊との衝突で、重軽傷者数百名、死者2名を出した。警官に追い立てられても、皇居前広場から出る和田倉門は渋滞して出るに出られず、私は警棒で背中や尻を叩かれながら橋を渡り、東京駅丸の内北口の組合本部に帰り、椅子に座ってから、ふと軍手を見ると血がにじんでいた。警官を堀に運んだときに付いたのだろうか。

それから私は組合を出て、何も知らずに組合寮のある港区の麻布仙台坂に帰ったが、その頃国鉄中央線の各駅出口でメーデー参加者は警察により一網打尽。逮捕されたのは1、232人に及び、うち261人が起訴され、1審だけで18年を要した。帰る方向が違ったから良かったものの、間違えば被告として長い裁判にかかるところだった。

東京地裁の判決は1970年1月。93名に執行猶予付き有罪判決、残り110名は無罪。なお被告261人のうち16人は既に死亡していた。次いで東京高裁・荒川正三郎裁判長は、1972年11月、騒擾《そうじょう》罪の成立を認めず、84人の被告全員に無罪。東京高検は12月に上告を断念し無罪が確定した。この勝利は被告団長、岡本光雄氏の功績ではないか。穏やかで、大人しく、ほとんど目立たないような人が、被告団員261人をよくまとめたのだ。

このときお堀端に駐車していた米軍の車を横転させ、人民広場（皇居前広場のこと）へデモ隊を導いた岩田英一氏を後に知った。岩田さんは1946年5月19日の米よこせデモのときも、一隊を率いて皇居内に入り、食糧の備蓄を見て回ったそうだ。岩田さんについては後でまた触れたい。

そのころ私の担当していた国労月刊誌『国鉄文化』の印刷所が入札で変わり、新しい小さな印刷所の社長が担当の若い女性と一緒に挨拶に来たが、その後はこの女性だけが原稿を取りに来て、1度か、2度会うだけで私は女性に好意を抱いた。彼女はよく『新日本文学』を手に持っていた。この雑誌は敗戦の年の末に中野重治や宮本百合子たちを発起人として創刊されたもので、それまで田舎でも、上京してからも私の見たことのないものだった。私の知っている雑誌は『中央公論』か『改造』、作家も白樺派の志賀直哉か武者小路実篤、あるいは島崎藤村、横光利一、プロレタリア系は、せいぜい林芙美子か室生犀生などだった。彼女の持っている『新日本文学』は紙質も悪く、親しみが感じられなかったが、彼女に言わせると「とても良い」とのことだった。

ちょうどそのころ、第2次世界大戦前にノーベル賞を受賞したマルタン・デュ・ガールの『チボー家の人々』の翻訳が白水社から出版され、この小説の主人公ジャックは第1次世界大戦で飛行機から反戦ビラを散布中、墜落して死亡する。反戦運動、広くいって左翼を描いた作品にノーベル賞が与えられていることに私は感銘を受けた。私は権威主義者なのか、ノーベル賞のお墨付きを見て、左翼運動が広く公認されていることを知り、『新日文』を愛する彼女の影響が重なり、この時期に私はノンポリから左翼や労働運動の側へ転換したようだ。

『チボー家の人々』で左翼に開眼したという私の話を聞いた国労内の文化活動家は驚いていた。国鉄の労働者は置かれた環境から端的に労働組合に結集しているからだ。

国労文教部に一人の先輩がいた。旧家の出で、義兄が新宿区四谷に弁護士事務所を持ち、本人は戦前の左翼運動を経験しており、執行委員たちも書記の彼に一目置いていた。彼は小柄だが肩幅が広く、ハンチングが似合い、私は彼を『チボー家の人々』の主人公ジャックに見立てて尊敬していた。

ある日、彼は執行委員の一人が素人に手を出していると非難し、彼の意見によると金を払って玄人と遊ぶのはいい、しかし金を掛けずに素人に手を付けるのはケチだという。この考えは私の情熱恋愛志向の対極にある。このような玄人遊びは日本文化の伝統なのだろうが、私のこの先輩に対する尊敬の念は急速に冷えた。

松川事件——記者として裁判傍聴

メーデー事件の翌53年6月、栃木県の鬼怒川で開催された国労第12回定期大会で、「松川事件についての緊急動議」が提案された。それは①仙台高裁に公正裁判を要請する②国鉄労組より調査団を派遣することを求め、動議の提出者は国鉄郡山工場（福島県）の吉村吉雄中央委員だった。

松川事件は49年8月17日早朝、東北本線金谷川駅―松川駅間で、上野行き上り旅客列車が脱線、転覆し、機関士1人、同助手2人の計3人が死亡、旅客数人が負傷した事件で、国鉄労働組合側10人、東芝労働組合側10人の計20人が脱線転覆容疑で逮捕された。国労側の主だった被告は国労福島支部の役員だった。当時、国労福島支部では民主化同盟（民同）系と共産党系が激しく抗争していて、国鉄当局が行政機関職員定員法による解雇通告で共産党系活動家の多くを馘首《かくしゅ》して以降、中央、地方とも民同系が組合執行部を握り、それまでの両派対立のいきさつから、民同系執行部はこの事件に冷淡だった。

したがって、松川事件の救援運動は国鉄労組の外で、日教組や自治労、あるいは広津和郎、宇野浩二両氏のような作家をはじめとする知識人から始まっていた。国労鬼怒川大会で救援動議を提案した吉村中央委員は民同系だった。地元福島の民同系の代議員からの提案が大会代議員の間に感動を呼び、圧倒的な拍手で動議は採択され、以後国労は公正裁判要求運動の先頭に立ち、あるいは現地調査団を派遣し、あるいは総評大会で公正裁判要求動議の採択を導いた。

松川事件は、すでに3年前の50年12月の第1審で死刑5名、無期5名、有期刑10名。10名の刑期を合計すると95年6カ月の判決が下されている。これまでの例をみると1910年の大逆事件、1920年のサッコ＝バンゼッティ事件（米国であった冤罪《えんざい》事件）、1953年6月に世界的世論に反して処刑されたローゼンバーグ夫妻の場合でも、この種の事件で権力から死刑を宣告されて、生きて娑婆《しゃば》に出た例はなかった。

53年12月の控訴審判決に私は国労機関誌『国鉄文化』の記者として仙台に派遣されたが、12月22日の仙台高裁の上空には米軍ヘリコプターが飛び、街角に白いヘルメットをかぶったＭＰ（米陸軍の憲兵）が立つ異様な雰囲気で、法廷の外には傍聴券の抽選を待つ長い列ができていた。私が国労本部から来たと受付に告げると即座に「ご苦労様」と傍聴券が手渡された。

午前10時開廷。鈴木禎次郎裁判長は判決文の朗読に入り、被告人、鈴木信、同本田昇、同杉浦三郎、同佐藤一を各死刑に処する……そして無期懲役2、懲役15年2、懲役13年1、懲役10年3、懲役7年4、懲役3年半1、無罪3と……朗読が続いて凍り付いたような18分間後、被告佐藤一が「裁判長、それは何です」。鋭い声が静寂を引き裂いた。「あなたが何と言おうと我々はやっていない、全くやっていない」と激昂し声が詰まったとき、弁護人の一人が「高橋陪席裁判官が笑っている」と指摘。高橋裁判官が「笑うのは僕の癖でね」と漏らすと法廷は騒然となった。そのとき立ち上がった岡林辰雄主任弁護人が「裁判長は死刑に直接手を貸すことはないでしょう。しかも陪席が4人に死刑を言い渡すとき、にたにた笑っていられる。けだものの行為、野獣の行為ですぞ」。騒然とした廷内が一瞬静まりかえり、その中に広がる岡林弁護人の落ち着いた声が廷内に満ちた人々の腸《はらわた》に染み通った。

岡林弁護人は1949年12月に1審が始まってほどなく、「裁判闘争の主戦場は法廷外にある」と断言した。この矛盾した問題提起は、「法廷の外の広大な戦場でこそ、政治的デマ宣伝との闘いは大勢を決せられる」とするものであり、この言葉の真実は14年間にわたる世界の裁判史上に例をみない大衆的な闘いの果てに輝かしく証明された。

松川闘争の柱となったいま一人に被告たちは別にして、小沢三千雄氏がいる。小沢さんは事件発生当時、秋田県の共産党県委員だったが、共産党東北地方委員会からの要請で福島に派遣され、特別弁護人として被告・弁護団の事務を担当。その綿密な資料の保存と整理は後に広津和郎氏が「私が松川裁判について書くことができたのは偏《ひとえ》に小沢さんのお陰」と感謝したほどだ。

1審判決から1年後の1951年12月に、日教組東北ブロック会議が公正裁判要請を決議した。それまで公正裁判の要請は、裁判が支配階級の道具であるという本質をぼかし、裁判は公正だとの幻想を助長すると、一部左翼の間でかたくなに無視されてきたが、小沢さんには理屈だけでは通らぬことが分かっていた。事実、松川裁判の内容を十分知らないから、無罪釈放の決議は難しいという労働組合でも、まず公正裁判要請の運動に参加してもらえば、無実の中身を知ってもらうことができたのだ。こうして、公正裁判か、それともこれまでの無罪要求かの二者択一ではなく、双方が相補って運動は広がった。

そもそも国鉄労働者と東芝労働者の逮捕は、国鉄福島保線区の線路班員、赤間勝美氏の自供からだ。町のチンピラだった赤間氏の微罪を種に、警察は彼を揺すり、彼の知っている組合幹部の名前を言わせたのだから、そのために逮捕・起訴された組合役員たちは、赤間氏の責任を問うても良かったが、被告たちは赤間氏を追及せず、同じ権力の犠牲者として、被告団の団結を守り続けた。また控訴審判決で無罪になった3人のうち、国労福島支部委員長・武田久氏の母シモさんはこの判決直後、「私は自分の息子が無罪になったからといって、決して喜んではいません。20人は皆私の息子です。20人全部、無罪になるまで闘います」と訴えて人々を奮い立たせ、無罪になった3人の被告は獄中の被告に代わり、勇躍して全国オルグ（宣伝活動）に旅立ち、被告団の団結は最後まで保たれた。これらのことを小沢さんは『勝利のための統一の心——松川運動から学ぶ』（1979年刊、自家版）という小冊子に書いている。

59年8月、最高裁の田中耕太郎裁判長は7対5の多数意見による差し戻しを判決、田中裁判長自身は上告棄却、有罪自判（差し戻さず自ら判決をする）の少数意見だった。61年8月、仙台高裁差し戻し審で門田実裁判長が全員無罪の判決、63年9月、検察側の上告による2度目の上告審で最高裁第1小法廷の斎藤朔郎《きたろう》裁判長は3対1の多数意見で上告を棄却し最終的に無罪が確定した。

翌64年4月と65年2月に、中国人民救済総会主席・宋慶齢女史から招待があり、元被告たちは訪中したが、小沢さんは戦前に満州開拓移民運動をしたことを恥じて中国からの招待を受けなかった。

松川闘争勝利の後、小沢さんは労働旬報社発行『松川運動全史』（65年12月刊）の大部分を執筆、次いで、ほるぷ映画で、住井すゑ原作『橋のない川』の映画制作に今井正監督とともに参加、その後「松川裁判と松川運動に関する全資料」受け入れを決めた法政大学大原社会問題研究所で資料整理と目録編纂に当たり、71年12月にこれを完成させた。さらに自著『万骨のつめあと――秋田から松川事件まで』（74年刊）では、共に闘った解放運動の知られていない兵士たちの足跡を記し、また前記『勝利のための統一の心』をいずれも自費出版した。

この頃だったか、小沢さんが東京駅八重洲口にあった国労会館に私を訪ね、何か働き口はないかと相談された。これほどの名士の不遇をいぶかしく思いつつ、私は私の所属する国労調査部の嘱託になってもらい、大冊の『(国労）歴代本部役員・中央委員名簿』（82年刊）や『国鉄労働組合運動史年表№1～№4』（83年～84年刊）を作成してもらった。これらは国労の貴重な資料として残っている。それよりも強い感銘を受けたのは、それ以前のことだった。大田区山王にあった国労役員寮の地下に眠っていた資料の整理をお願いし

『国鉄マル生闘争資料集』出版記念会で小沢三千雄氏（中央）筆者（右）。1979年7月15日

た時のことだ。厳寒期に小沢さんは重ね着をして一人朝から夕方の定刻まで山と積まれた資料を整理されていた。私が暖房を取るようにと勧めたが、引火の危険があると、全く火の気を置かず、それで一冬を過ごされた。

私が84年6月末に国労を定年退職した後も、2年ほど嘱託を続けられたようだ。小沢さんのご子息は千葉県松戸市の市議会議長をされていたが、小沢さんは近所の道の掃除を続け、人々に親しまれ尊敬されていた。2006年2月6日に96歳で亡くなる前年の7月17日、私がシルバーケア鎌ヶ谷の病室に見舞うと、ほとんど耳の聞こえなくなった小沢さんが無骨な大きな手を擦りながら、「日米帝国主義と戦って勝ったんだからなあ」とつぶやいた。それが小沢さんの滅多に口にすることのない誇りだった。「あと5年、100歳まで生きる」とも言われていたが、白寿まで3年を前にして旅立たれた。小沢さんは私が生涯で一番尊敬している人だ。

下山事件——佐藤一さんとの出会い

松川の被告たち全員の無罪が63年9月に確定した後、被告の一人で元死刑囚の佐藤一氏は翌64年に、乞《こ》われて下山事件研究会の事務局長に就いた。下山事件とは、日本国有鉄道の下山定則総裁が国鉄の大量解雇を実施する直前の49年7月5日に消息を絶ち、翌早朝常磐線北千住—綾瀬間で轢死《れきし》体となって発見された事件である。この研究会は松本清張氏が資金を出し、東大総長・南原繁、劇作家・木下順二氏ら名士10人ほどが名を連ね、同年7

月1日に発足趣意書を発表し、研究の成果として『資料・下山事件』を69年に発刊した。その後佐藤さんは引き続いて下山事件の調査に取り組み、国労を訪ねてきたときは、私が担当する資料室にある国労大会、中央委員会速記録に目を通し、そのコピーの許可を求めた。佐藤さんがまだ被告のまま宮城県塩釜市の病院に入院していた頃、彼を見舞いに行ったときに、私たちは知り合っていた。私は担当役員に諮り、特別に館外貸し出しを認めてもらい、彼はそれをコピーした。これらの速記録を元に、佐藤さんは日本の占領・戦後史の通説に重大な欠陥のあることを指摘した。その一つは、官公労や民間労組の先頭に立っていた国鉄労組のスト態勢は、49年7月の3つの「鉄道謀略事件（下山・三鷹・松川）」でつぶされたという今なお残る通説に対してだった。これらの3事件に先立つ6月に開かれた国労熱海中央委員会の速記録を綿密に読み、国労内左右両派の抗争と共産党の態度変更によって、国労のストは実行不能に陥ったのだから、「謀略事件」を起こす必要はなかったことを佐藤さんは見つけ出した。（「戦後民主主義の忘れもの」で検索可能）これらの大会・中央委員会の速記録を読みにきたのは、前にも後にも、佐藤さんだけだった。

このころだったか、佐藤さんから下山事件の話を聴いた。彼は研究会事務局長になり、下山総裁他殺の線で調査を始めたところ、調べて行くほどに自殺の真相が明らかになり、研究会発足5年後、完成直前の『資料・下山事件』の解説で、自・他殺説を公平に記したのに、その解説は他殺説にすり替えられ、発刊の記者会見では「下山元国鉄総裁は、何ものかによって殺害されたものであるという疑いを到底払拭できない」と発表されたのだ。

佐藤さんは松川裁判勝訴で得た刑事補償金などを注ぎ込み、その後6年間、独力で調査を続け、『下山事件全研究』（時事通信社）を76年12月に発刊し、下山総裁自殺の真相を明らかにした。その後（2016年ごろ）私が法政大学大原社会問題研究所の五十嵐仁名誉教授に聞いたところ、学会でも今は自殺説が主流になっているそうだ。

自殺と断定する主な根拠3つを挙げるとすれば、①1949年7月6日に下山総裁の轢死体が発見された国鉄常磐線北千住―綾瀬駅間に近い末広旅館に下山総裁らしい人が、その前日の5日午後2時から6時頃まで休息しており、旅館の女将《おかみ》、長島フクさんが見たその紳士が靴を着脱する様子の証言が、総裁家族の証言と一致した。清張氏をはじめとする他殺説論者は、この人物を替え玉だとしている。しかし、この紳士が旅館に休息しているときは、行方不明の下山総裁の捜索が必死に続けられていた。もし総裁の替え玉が見つかれば、彼は犯行の一味として死刑も免れない、そんな恐怖のなかで替え玉が4時間もゆっくり休息するなどとは考えられない。この紳士は下山総裁自身だ、と考えるのが順当だ。

②もし他殺と仮定し、どこかから死体を、鉄道線路に運ぶには、車で運ぶか、近くの小川を使って船で運ぶかしかなく、そのような気配は全く見つかっていない。そのうえ、現場の小高い線路上まで70キロ前後の総裁の死体を担ぎ上げなければならず、それには大の男で3、4人を必要とする。線路下の小道には案外深夜から明け方までまばらながら人通りがあり、その目を逃れるのは困難なことが分かっていた。そこで人の目に触れない進駐軍列車で他殺体を運んだというのが清張氏の推理で、なるほど、これは一つの着眼だ。清張説は、この死体を国鉄田端操車場で積んだとしている。ところが列車が京浜東北線からこの操車場に入ると、機関車を転車台に載せて方向転換しないと出られない。そのような

異例の列車運行があれば衆人の目に止まるはずだ。

③問題の進駐軍1201列車の機関士と車掌は行方不明と清張氏はしている。ところが当日のこの列車の機関士・荒井九二八氏は定年退職後消息が分からないものの、機関助士・栗原宣氏は常磐線の勝田電車区に、専務車掌・大内泰弘氏は水戸車掌区に現存していた。2人は当日の列車運行に異常はなかったと佐藤さんに証言している。

他方、他殺説の根拠となったのは東京大学法医学教室による「死後轢断」の解剖結果だったが、慶応大学法医学教室の解剖結果は「生体轢断」であり、49年8月30日、衆議院法務委員会で参考人を呼んだ論争はすれ違いのまま終わり、結論は出されていない。

結局、定員法による国鉄職員10万人解雇の重圧が、初老期うつ憂症を招き、下山総裁は線路自殺を選んだ。この事実に間違いはない。多くの下山総裁他殺説は、さまざまな偶発的な些事を利用して面白可笑《おか》しく書いているだけのように私には思える。

日本共産党は下山、三鷹、松川事件をアメリカの3大謀略事件と言っているが、これは、朝鮮戦争に先立つアメリカ帝国主義の陰謀と説明するのが手軽で重宝なためだ。三鷹、松川事件は謀略かも知れないが、下山事件謀略説は正しくない。ただ下山事件特別捜査本部が49年8月3日、下山総裁自殺の結論を発表しようとした矢先、田中栄一警視総監から一本の電話が入り、発表が抑えられ、翌日報じられたのは自殺、他殺のいずれとも決定できない、捜査は継続する、というものだった。このとき捜査本部の自殺発表を押さえたのはGHQ（日本を占領した連合国軍総司令部）筋とも、政府筋とも言われている。

2020年になって共産党に変化が現れ、これまで戦後国鉄の3大謀略事件と言っていたのが、3大事件と言い変えたようだ。これは賢明な判断だ。自分たちの都合に合わせ、時代の雰囲気で下山事件を他殺にするなら、労働者側はいつでも資本家側から雰囲気によって犯行を押しつけられるだろう。そうさせないためには、自らを制する必要がある。

『資料・下山事件』の発刊後、佐藤さんが独力で下山事件の調査を続け、国労資料室を訪ねていたころ、私は佐藤さんの案内で、69年11月7日に水戸車掌区を訪ね、事件当日の進駐軍1201列車の専務車掌・大内泰弘さんに会い、車掌区の先輩・大和田、岩崎両車掌にも同席してもらって同列車の運行に異常がなかったことを確認した。

松本清張宅を訪問

その後、松本清張『日本の黒い霧』に次の記述があることを佐藤さんに教わった。

「事件直後に、田端機関区の分解図が轢断現場近くで拾われた。それは線路のジャングルで整然とした機能を保つための図表で、その落とし主を探した。それは2人の機関区員に絞られ、一人は水戸市付近で井上日召（1932年に一人一殺を実行した血盟団の組織者）が立てこもった護国堂で知られた磯浜町の出身だった。右翼系の暗殺事件はこの村の出身者によって行われたことが多い。……2人は……『死んでも言わない』（といい張り）……捜査は進展しなかった」。

この件で警察に調べられた一人は久保木愛四郎という国労組合員だった。事実、久保木さんは連日取り調べられ、下山総裁の死体を現場に運んだとの筋書きで、その自供を執拗に求められたのだ。「分解図」というのは正しくは「分解表」で、機関士が田端駅に入ってきた一本の貨物列車を分解するための手引きであり、分解を終えると捨てる、ありふれた紙片だ。そのことを警察に理解させて久保木さんは釈放される。このことで佐藤さんは後々のために、いぶかしい記述の削除を今のうちに求めておくようにと、私に忠告した。そこで私は当時の調査資料室の坪井一雄室長に、国労として清張氏に会い、記述の訂正を求めたいと相談した。

調査資料室には室長の他に共産党系の執行委員が一人、共産党系の書記もいて、彼らは私が清張氏に会って、彼の説を批判することを警戒した。当時、共産党と清張氏は蜜月の関係にあったからだ。結局、清張説には触れず、国労組合員に対する曖昧《あいまい》な嫌疑の記述の変更のみを求めることになり、私は71年10月25日、清張氏を自宅に訪ねた。中央線沿線の木造一戸建てで家の前に笹竹が少し植えてあった。来訪を知らせ玄関から応接間に入ると、そこは陰気な小さな部屋で、しばらくすると清張氏が出てきた。私が来意を告げると、「国労から来るというので何かいいニュースかと待っていたら、何だそんなことか」と応じ、「それはどこだ?」と棚から『日本の黒い霧』を取ってページをめくり、「じゃあこうすればよいか」と「死んでも言わない（といい張り）捜査は進展しなかった」を消して「完全に嫌疑がはれて解放された」の趣旨にする訂正案を私に示し、「次の版で訂正しよう」とのこと。あまりに簡単なので私はがっかりした。その箇所は堂場肇『下山事件の謎を解く』（六興出版社、52年刊）からの引用であり、清張氏には何ら自分の記述への愛着はなかった。

それに引き替え、松川事件の無実の元死刑囚・佐藤さんは出獄後、生涯を懸けて下山事件の真相を追い続けた。「事実」に忠実であろうとする信念には揺るぎがなく、その生き方には教えられるところが大きかった。その佐藤さんは2009年6月に亡くなった。享年87歳だった。

三鷹事件――竹内景助さんの無念の獄中死

ところで、東京駅八重洲南口近くの国鉄労働会館では松川・三鷹友の会を作って活動していたが、松川裁判闘争が勝利に終わった63年9月以後、これを「三鷹友の会」と改称し、毎月、獄中訪問を重ねることにした。

三鷹事件は、松川事件より約1カ月前の49年7月15日、国鉄中央線三鷹電車区の引き込み線から7両編成の電車が無人のまま暴走し、市民6人を死亡、20人を負傷させた大惨事だった。

事件の翌50年8月に示された鈴木忠五裁判長による地裁判決は、国労三鷹電車区分会の飯田七三委員長など被告9名の共同謀議は「空中楼閣」として無罪、三鷹電車区検査掛の竹内景助氏一人に無期懲役というものだった。

第2審の東京高裁・谷中薫裁判長は1回の弁論も開かず書類審査だけで1審よりも重い死刑判決を下したが、これは刑事訴訟法にいう「不利益変更の禁止の原則」に反している。さらに最高裁の田中耕太郎長官は55年6月22日、口頭弁論を開かぬまま8対7の1票差で

「上告を棄却」し、死刑は「確定」した。それは、すでに半年以上前に定年退官した裁判官の名前を連ねるという小細工で作られた多数派による棄却だった。

無実の労働者に罪をかぶせ、しかも死刑にするには、これほど無理を重ねなければならなかった。1審で無期を言い渡した鈴木忠五裁判長は退官後に書いた『一裁判官の追憶』(84年刊、谷沢書房)で、「竹内に対して死刑を科した東京高裁の判決はまったく不当な判決なので、当然、最高裁はこれを取り消して事件を高裁に差し戻すに違いないと信じ切っていたので、この冷酷無比な最高裁の判決は自分に大きなショックであった」と明言している。

最高裁判決で少数意見だった真野毅裁判官は、この判決を後に次のように厳しく批判している。

「そこで……(刑事訴訟法)四〇八条(上告の申立の理由がないことが明らかであると認めるときは、弁論を経ないで、判決を破棄することができる)を適用して、弁論を経ないで、判決で上告を棄却するには、無条件で許されるわけのものではなく、『上告の申立の理由がないことが明らかである』ことを要件とします。ところが上告棄却意見者は八名であり、破棄意見は七名であり、両者の比率は八対七であり、その差は一票であり、いわゆる紙一重の差があるだけである。現在の最高裁判所の組織構成では、六対五、七対六、八対七に意見が分かれることがあるが、本件のように八対七は最高裁判所としては、差の開きが最も少ない場合だということになります。かように二つの意見の対立が、最大限度に存する場合に、どうして『上告の申立の理由がないことが明らかである』ということができましょうか。いな反対に、上告申立の理由がないかどうかが、最大限度に明らかでない場合に当たるものと言わなければなりませぬ」（『中央公論』一九五五年八月号）

竹内氏は、最高裁判決の翌年に獄中から再審を求めた。10年の歳月を経て66年、東京高裁の樋口勝裁判長は再審の開始を決定、無罪判決の可能性を示唆する明るい展望が見え始めたが、翌67年1月、竹内氏は脳腫瘍で死亡した。

66年の暮れのぎりぎりに、私たちの「友の会」から獄中面会に行った人は、竹内さんが「頭が割れるほど痛い」と訴え、後はうわ言だったと報告した。直後に年末年始の休みに入り、私たちは手立てを尽くさなかった。年が明けて竹内さん危篤との報に、私は国労調査室から東京拘置所に派遣してもらった。竹内さんは獄中の病室で妻のまきさんと長男、長女に見守られていた。1月13日夜に呼吸が止まっても心臓は動いているとのことだった。心配して駆けつけた支援者たちとともに、私が拘置所で1晩か2晩徹夜したあと、1月18日の朝方に竹内さんの心臓は止まった。

この獄死の責任を追及する損害賠償請求訴訟は、国民救援会三鷹事件対策協議会の森山四郎氏のほとんど独力で起こされ、その結果、「年来の主張が認められて無罪の判決が得られる可能性もあった」として、国に対して総額１１５万円の慰謝料の支払いを命ずる判決が74年5月、東京地裁民事第二部で言い渡された。国側も控訴を断念し、遺族の原告は勝訴した。だが、竹内さんの遺族は三鷹事件の犯人、死刑囚の子や孫として、今も身元を秘し、息を潜めて暮らしている。このような不正を放置することは許されない。２０１１年11月に遺族が申し立てた第2次再審請求は、19年7月東京高裁によって棄却され、弁護団は同年8月5日に「異議申立書」を東京高裁に提出し、現在、第3次再審請求を起こしている。この請求が認められ、竹内景助さんの無実が明らかになることを願わずにはいられない。

「不実の文学」

私は1984年6月末に約35年勤めた国労を定年退職した後、縁あって労働運動研究所の仕事をすることにした。この研究所は61年、日本共産党第8大会における綱領論争を機に党を去り、社会主義革新運動を創立した人々が、69年に設立したもの。同研究所の事務所が千代田区神田から杉並区高円寺に移ってから、先のメーデー事件の岩田英一さんが自宅から近いために顔を見せるようになった。そのころ、私は月刊誌『労働運動研究』の編集事務をする合間に、岩田さんが持ってくる選挙予測をワープロで入力した。岩田さんは衆参議院選挙、同補選、都議会、区議会選挙、全国の知事選挙、世界各国の大統領選などあらゆる選挙の予測をしていた。岩田さんは早くから選挙の重要性に着眼し、60年6月、岩田選挙科学研究所を設立、彼が共産党を離れることになったのも60年11月に行われた第29回総選挙の総括を巡る意見の相違からだった。

84年6月、仕事の合間に岩田さんは何かの拍子でこういうことを語った。

「それは、1950年4、5月ごろだったのではないか、共産党本部での立ち話だった。当時、私は党本部で選挙闘争関係の仕事をしていて、宮本百合子はまだ確か党の婦人部長をしていて、党本部内で顔を合わせる機会は多かった。そのとき、宮本百合子は私にこういう趣旨のことを言った。『顕治さんは困ったものです。うちの秘書とできてるみたいです。未決拘留の10年間は毎月のように面会に行き、食べ物や本の差し入れをし、汚れた衣類の交換をして尽くしてきたのに、それがこのように冷たくされるとは予想もしなかった』目に涙を溜め、溢れんばかりだった」

「私は同情して、『百合子さんも大変だなあ。今になってそういう仕打ちをするのはひどい。しかし、あんたの方が10歳も年上だから無理もないなあ。生理的にいっても難しいんじゃないの』と意見を言い、『考えた方がいいですよ』と暗に離婚も考慮のうちに入れることを示唆した。そのとき彼女は私に、『岩田さんはこの本部の敷地建物全部を無償で党に寄付したんでしょう。偉いわ。私も全集の著作権を党本部に寄付するつもりです』とも言っていた」

百合子さんの急逝

宮本百合子さんが敗血症で急逝したのは、彼女が岩田さんと立ち話をした半年ほど後だった。

私は岩田さんのこの話を聞き流していたが、後に、語られた事柄の意味に気付き、宮本顕治氏が芥川龍之介の自殺を巡って書いた『敗北の文学』にちなんで、『不実の文学』という評論を書き、これは95年度『労働者文学』賞評論部門に入選し、『労働者文学』(37号、

95年6月）に掲載された。その1カ月後に開かれた合評会で「こういう不倫は太宰治でも、壇一雄でも誰にでもあり、こんなことをテーマにすることこそ問題だ」と私の評論を酷評する意見が続出したため、3年後の『労働運動研究』9～11月号に「プロレタリア・ヒューマニズムとは何か」を連載し、宮本氏の行為と、氏が夫婦の貞潔を説き、プロレタリア・ヒューマニズムを提唱していることとを結びつけ、「かつて唱えられた『プロレタリア科学』はエセ科学であり、『プロレタリア民主主義』は独裁であった。それと全く同じく『プロレタリア・ヒューマニズム』は人権蔑視の別名である」と評論を結んだ。

評論「不実の文学」と「プロレタリア・ヒューマニズムとは何か」は、愛知県在住の研究者で篤志家の宮地健一氏がインターネットに入れて下さり、この題名で検索できる。関心のある方にはご一読していただければと思う。

ところで岩田さんは敗戦の年の10月3日、東京の府中刑務所を訪ね、収監中の共産党幹部の徳田球一、志賀義雄氏らと面会、10月6日、自身が経営していた渋谷区代々木の電気溶接学校の敷地５００坪強と建物を日本共産党に無償で寄付した。今の時価にすると、数十億円は下らないとのこと。１９５０年にＧＨＱの公職追放を受けて徳田書記長が中国へ密航するとき、「岩田君には世話になった。土地建物は岩田君名義に返しておくように」と言い残したと伝えられるものの、その手続きは取られず、61年、総選挙の総括を巡る意見の相違によって岩田さんが除名されたとき、宮本書記長ら党指導部は何の補償も行わず、彼を無一物で追放した。あるいは岩田さんが自ら党を出ていったのかも知れない。

それから30余年後、94年4月に『日本共産党の70年』という大判の冊子が共産党中央委員会名で発行され、その21ページ「公然たる活動の開始」の項に次の記述があった。「府中などの刑務所、予防拘禁所から解放された日本共産党員たちは、出獄者の一時的住居としてかりうけた国分寺の自立会に居をさだめ、ここに連絡所をおき、まもなく渋谷千駄ヶ谷の溶接学校跡（現在の党本部所在地）に本部をおいて活動をおこなった」これっきりである。

岩田さんはこの記述に腹を立てた。かねて私が同情して、「代々木の土地の補償を裁判で求めたら」などと言って、岩田さんの憤慨する素地を作っていたからかも知れない。この党史が発行された年の秋だったか、ある日突然、岩田さんが不破哲三共産党委員長を刺すと私に告げた。驚いて私は何度か翻意を促したが聞き入れず、「国会の廊下で不破氏を待ち受けて詰問するから、君はそれを写真に撮り、すぐに現場を離れてくれ」と頼まれ、止むなく岩田さんに同伴することにした。

当日、岩田さんは日本社会党議員から院内通行証を2枚借り、私と一緒に衆議院本会議場前を下調べしてから、そこを離れて待機し、衆議院本会議開催の予鈴とともに会議場前の廊下で待っていると、2階の各党控え室から議員が下りてきて本会議場に消える。2、3集団をやり過ごすと、不破委員長が共産党議員団の先頭に立って下りてきた。待ち構えた岩田さんが不破氏の目の前に党の「70年史」を突き付け詰問し、驚いた不破氏の頭を丸めた党史で叩き、私はそれを写真に撮り、騒然として守衛が駆け付ける現場を離れた。

自宅に帰り、テレビの午後のニュースと夕刊を見たが何の報道もない。翌日の朝刊にも掲載されていなかった。2、3日して岩田さんに会うと、麹町署に送られ、一晩留置されることもなく、そのまま釈放されたとのこと。マスメディアを通じて共産党の独善を広く訴えようとした岩田さんの狙いは外れ、警察はこの札付きの猛者《もさ》を一刻も早く厄介払いしたかったのだろう。ポケットにドライバーを忍ばせ、それで刺したとのことだった。いずれにせよ刃傷沙汰にならなくてよかったと私は胸をなで下ろした。

暮れになって、岩田さんがポンと10万円か20万円を出し、「慰労のためどこかの温泉に2人で行こう」とのことで、伊豆長岡（静岡県伊豆の国市）の慎ましい温泉宿に1泊か2泊した。狩野川の岸を2人で散歩すると、岩田さんの歩みがともすれば遅れたが、今思えば無理もない。当時、岩田さんは88歳だった。冬枯れの岸辺を、当時西武ライオンズの清原和博選手がひとりランニングをしていて、その太いもも回りに驚いた。

実費で2万円ほどを使い、残りは岩田さんに返した。小柄だが肝の太い、気っ風のよい人で、90歳を過ぎても選挙予測を徹夜でまとめて持参し、選挙結果が出ると予測に結果を加えて自ら論評し、私が仕事の合間にそれを入力していたが、93歳で亡くなられた。

国鉄詩人連盟に入会――濱口國雄さんとの出会い

私は52年5月、長野県松本市で開かれた国鉄詩人連盟の第7回大会に、初めて参加し、個人としても、連盟の下部組織である東鉄詩話会（東京）に入会した。国鉄詩人連盟は46年6月、東京鉄道局労働課の近藤東氏や同上野管理部の岡亮太郎氏らが、当時、国鉄各地方局に誕生していた詩話会を結集した全国組織だった。

56年5月、国鉄詩人連盟第5回国鉄詩人賞が濱口國雄氏の作品「便所掃除」に授与された。この作品はその後、真壁仁『詩の中にめざめる日本』(岩波新書、66年刊)、茨木のり子『詩のこころを読む』(岩波ジュニア新書、79年刊)、石川逸子『〈日本の戦争〉と詩人たち』(影書房、04年刊)に「青年の何とも言えない初々しい姿」などと紹介された。

濱口さんは20年、福井県の漁師の家に生まれ、幼時に朝鮮北部に移住、長じて旧満州(現中国東北部)にあった南満州鉄道に就職。その後、徴兵されて中国、フィリピン、ベトナムに転戦。ニューギニアで敗戦を迎え、帰国後は国鉄に就職し、48年10月、大鉄詩話会(大阪)に参加した。

彼は敗戦まで「葉書一枚ろくに書けぬ人間」だった。58年9月に発行した第1詩集『最後の箱』のあとがきに、「戦争が濱口國雄という詩人を生んだ。ぼくをそだててくれたのは国鉄詩人連盟の運動である。国鉄詩人連盟の運動がなければ、濱口國雄という詩人は現在存在しなかったと断言できる」と書いた。

国鉄詩人連盟で知り合ってから、濱口さんが上京したときは、私の住んでいた東京都品川区西大井の住宅に泊まった。私も彼が大阪から金沢車掌区に転勤した後、金沢市内の旧兵舎を改造した長屋に訪ねた。

濱口國雄氏と私の長女。1958年頃。品川区西大井の私の住宅で。この写真は石川近代文学館濱口國雄コーナーに掲げられているもの

この間の１９６４年４月８日、共産党は声明を発表して、４月17日に予定されていた春季闘争のストライキに対して「挑発と分裂の危険」があるとして再検討するように訴えた。このスト破りの声明に濱口さんも私も反対して党を除名された。後日、共産党は声明の誤りを自己批判したが、２人とも結局復党しなかった。

現在、石川近代文学館（金沢市）の濱口國雄コーナーに掲げられている私の長女と一緒にいる彼の写真は、西大井の私の住宅で58年頃に私が撮ったものだ。74年２月には中野重治の序文、文芸評論家・武井昭夫の解説による『濱口國雄詩集』が出版されたが、その２年後の１月、彼は脳出血で早世した。享年55歳だった。

没後30余年の２００９年、同じ土曜美術社から『新編濱口國雄詩集』が刊行されたのを機に、11年11月23日、東京都武蔵野市の武蔵野公会堂で「いま濱口國雄を語る」集会を開いた。詩人・石川逸子さんや地元金沢市の詩人・井崎外枝子さん（『新編 濱口國雄詩集』の編者）、その他多くの方々のご協力をいただき、定員を超える参加者１３５名の盛会だった。先ごろ亡くなった影書房の代表、松本昌次さんの姿もそこに見られた。

ところで、52年のメーデー事件の後、『国鉄文化』の印刷所がまた変わり、『新日文』の彼女とは自然に縁遠くなった。53年の国労鬼怒川大会のころ、国労文教部に若い女性が入り、この人と、それから２年後の55年５月に結婚した。私が30歳のときで、これが私の情熱恋愛志向の終着点になった。妻淑子は几帳面な人柄で、その後54年間、勤めのかたわら家政を一手に引き受けていたが、勤めている間、同郷（熊本県熊本市）の知人櫛原里さんに、上京してもらい二人の娘を育てていただいた。妻が定年退職後も里さんは実の祖母に劣らぬ愛情を子どもたちに注ぎ続け、１９９８年10月に、私の家で亡くなられた。84歳だった。妻は09年5月くも膜下出血により同じ84歳で急逝。以後、私は妻の敷いてくれたレールの上を走っている。

そして当座の腰掛けのつもりで就職した国労に私は結局35年勤め、１９８４年６月末に定年退職した。

私の退職から程なくして、87年4月1日に国鉄の分割、民営化体制が発足し、全国１社だった国鉄は６地域と貨物の７社に分割されて民営となった。優良な資産を抱え、見せかけの赤字に過ぎなかった国鉄を偽装、倒産させたのは、去る19年11月に死去した中曽根康弘元首相だった。民営化から30年余を経過した今、予想された通り、本州３社と北海道・四国・九州３社間の歪《ひず》みは増し、中でも経営の最も困難な北海道では、この間、社長２人が自殺している程だ。

第２次安倍改造内閣は２０１４年９月に、「地方創生」を麗々しく掲げたが、東京への人口流入は止まっていない。真に国土の均等な発展を目指すなら、中曽根元首相がもたらした大災厄の政策を見直し、鉄道は公営・全国１本化に復帰しなければならないと私は思う。

1962年ごろ、自宅共同住宅の前で。妻・淑子と櫛原里さんと２人の娘。

わたしの後半生

——「完全護憲の会」と遅咲きのランナー……

1 「完全護憲の会」の設立――90歳から

岡部太郎さんとの出会い

さて、国鉄労働組合を退職したあと、『労働運動研究』という雑誌の編集を手伝っているとき、私は野村光司氏と知り合った。彼は陸軍士官学校在学中に敗戦を迎え、東京大学法学部に転校した後、大蔵省に入省、事務次官の出世コースに乗っていたという。ところが日本国憲法の熱烈な支持者であったため、彼は主流から外され、天下りした民間会社を退職したあと、『労働運動研究』に寄稿していた。元陸軍士官学校の同期生がこの雑誌を編集していたのだ。

野村さんの主張の特色は、第9条だけでなく、この憲法の全条項を高く評価していることだ。彼の熱烈な〝伝道〟に感化され、私はこの憲法の貴重な意義について考えるようになった。

そのうち第2次安倍政権が2012年末に誕生し、彼の年来の主張である憲法改悪の企図が進められるにつれて、今こそ、この貴重な憲法を擁護すべき時であるとの思いに突き動かされた。しかし、政治的な経験や見識のない私に、そのような運動が成り立ち得るのか。相談できる相手は元東京新聞・政治部長の岡部太郎氏だけだった。もっとも岡部さんには大阪外国語学校フランス科の同窓会で会っているだけで、言葉を交わしたことはなかった。

私は岡部さんに電話して用件を伝え、13年11月8日午後、千代田区内幸町のプレスセンター9階談話室で、俳句の会を終えて一人で待っていた岡部さんに会い、命運を懸けて質問した。「いま全面護憲論を主張するのは非常識ではないでしょうか」。岡部さんは「そんなことはない。皆何かを求めている」と答え、さらに「私が役立つなら使ってもらってよい」と付け加えた。この岡部さんの好意で私の運命は決まった。

このニュースを野村氏に伝え、後日、港区赤羽橋近くの済生会病院の控室で、初めて3人で会った。岡部さんはもうこのとき人工透析を受けていた。そして年末の23日に千代田区神田神保町の学士会館ロビーに岡部、野村さんをはじめ10名ほどの仲間で会を立ち上げる相談をし、最初の月例会を、翌14年1月26日に学士会館地下1階の1室を借りて開き、ここで岡部さんの次の年賀状が披露された。

「謹賀新年
右に跳ねる癖に手綱や午《うま》の春
久しぶりに危機感を持って迎える新春です。
特定機密保護法をはじめとする安倍内閣の後ろ向き右寄りの政策は、戦後の自由と民主主義を圧迫しようとしています。

敗戦という大きな代償を払って獲得した大切な宝が雲散霧消しそうです。五十年前、安保条約改定の時は、大衆デモで岸首相を退陣させました。今は民主党の無力、維新の会の政権すり寄りで野党は当てになりません。国民の一人一人が安倍内閣の野望をくじく時だとおもいます。

本年もよろしく」

この会合への出席者は7名だった。

そのあと岡部、野村の両名を共同代表に選び、私は事務局担当になったが、会の貯金通帳と振替口座を作ると、出し入れに代表者の名前と印鑑がいる。そこで止むなく、私も共同代表の一員になった。

こうして会合と勉強会を重ね、その1年後の15年に野村さんの起草になる小冊子『日本国憲法が求める国の形』を発行した。そして岡部さんが記者会見を開くことを提案し、素人の私たちを指図して、日時、会場、案内状の文案、同発送先リストの作成、すべてを落ち度なく進め、3月20日、プレスセンター9階の会議室で記者会見を開いた。

当日、司会を担当した私に、岡部さんは「マスコミとの関係があるから自分は控えに回り、野村さんを立ててもらいたい」。さらに「面倒な質問があれば私に回してもらえばいい、何とかするから」と、何とも控えめでありながら頼りになる指導者だった。

記者会見は無事に終わり、翌朝の東京新聞を見て驚いた。「戦争体験　だから護憲」と初号ゴチックの大見出しで、写真まで添えて記者会見の模様が掲載されていた。この記事によって冊子への注文と寄付金、入会申し込みが相次ぎ、会の基礎が作られた。

その後、会の運営で問題が起きた。２０１６年1月24日に開かれた第2回総会が終わって、野村さんから共同代表辞任、退会の意志が表明された。上記の冊子作成過程での討議や沖縄県の辺野古埋め立て強行に反対する支援の在り方などで誤解が生まれた。

結局、2月22日、プレスセンターで野村、岡部、私の3人が共同代表者会議を開き、言葉を尽くして慰留したが、野村さんの翻意には至らなかった。私たちの会そのものが野村さんの構想実現のために組織され、基本的な小冊子『日本国憲法が求める国の形』を起草した野村さんの、当然の自尊心が妥協を許さなかったのか。野村さんの退会は大きな痛手だった。

以後丸2年、人工透析を続けていた岡部さんは、壊死《えし》を防ぐため片足ずつ切断する苦闘のなかで、一度も休むことなく月例会に「政治現況報告」を寄せ続けた。病床に新聞を取り寄せ、素材の取捨選択を重ねていた由《よし》。「継続は力なり」これは岡部さんのモットーだった。

岡部さんからの最後の原稿は、18年3月28日の例会に寄せた「政治現況報告」で、それは以下の文章から始まっている。

「2月の政局レポートでも触れた国内・国外の二つの問題が、3月に入ってさらに大きく展開。今後の国内・国際政局に決定的な影響を与えることが確実になってきた。国内は安倍一強で秋の総裁三選が確実に思われていたのが、くすぶっていた森友問題が突然噴火、大爆発。財務省の佐川国税庁長官の引責辞任表明から衆参両院予算委での同氏の証人喚問によって、首相の盟友、麻生副総理・財務大臣の監督責任による辞任は確実になり、安倍首相夫妻の森友問題への関与が明確になって総裁レースがにわかに混迷してきた。……」

これは亡くなる1カ月前の原稿で、岡部さんの頭脳にいささかの乱れもなかった。4月9日、発熱のため緊急入院、19日不帰の客となられた。享年86歳。1931年5月29日の生まれで、1カ月早めた4月29日に、数えの米寿の祝いが親戚一同で用意されていた。その大らかであると共に節度ある生き方は私たちの模範だった。

現憲法は、国民主権、基本的人権、平和主義……と、明治憲法とは次元の異なる優れた理念に立脚しているものの、その「第1章天皇」条項は第14条の「法の下の平等」に反していることを認識しつつ、今のところ現憲法の理念と条文を厳格に順守させる運動を優先している。第1章が併《あわ》せて、「主権在民」を明確に規定していることも注視しなければならない。

貴重な日本国憲法擁護の運動に参加できることは私の喜びであり、また誇りだ。この誇りを死ぬまで守り続けるのが、今の私の願いだ。

2　マラソン詩集――55歳から82歳までの作品

私は幼いころからひ弱で、徴兵検査の際に、甲種合格でも第一乙種合格でもなく、第二乙種合格だった。つまり、筋骨薄弱という判定だった。学業を半ばにして兵役に就き、復員した後、縁あって国鉄労働組合に就職したが、体力に自信はなかった。

それでも走ることには関心があり、定年を数年後に控えた頃、たまたま東京女子マラソンを目撃し、自分も走れるのではないかと思い、定年前の82年、58歳の時、千葉県の第1回佐倉健康マラソンに参加し、生まれて初めてフルマラソンを完走した。これが遅咲きマラソンランナーとしてのスタートだった。そして私は、多摩川河畔のマラソン練習からマラソン大会の本番までを素材に、10編足らずの作品を作り、それを『マラソン詩集』にまとめた。毎年1回のフルマラソンは、私にとって、その年を生きる励みだった。

5時間制限の佐倉朝日健康マラソンから始めて……10時間制限の伊豆大島一周マラソン、時間無制限のホノルルマラソンと、年とともに制限時間の長い大会を求めた。その最後のホノルルマラソンの記録を「3．ホノルルマラソン報告」として記載した。

また、私と同じ高齢者マラソンランナーたちがどんな暮らしをしているのか知りたくて、2015年から2年かけて、全国各地に住む7人の最高齢マラソンランナーを訪ねて聞き取りを行い。その7人の様子を「4．最高齢ランナーを訪ねて」として載せた。

#「マラソン詩集」

初夏の多摩川

湿気をたっぷり含んだ、ひんやりとした風が、煙突を抜けるように、海から、川の面を吹いていた。

土手一面に揺れるカラス麦の白い穂は、乾いた飛白《かすり》の幻影。あるいは白い浮塵子《うんか》の大群。

思うままに波打つ緑の髪の中に、ギシギシは、陽に焼けた少年の赤銅色で立っている。

白い蝶が、強い風に向かって羽ばたいている。まるで熱に浮かされた若者のようだ。

もつれ合いながら、弾丸のように飛んできた真黒い粒は、二匹の蝿《はえ》。性に心を奪われて、不躾《ぶしつけ》にも私に衝突しかけたが、折からの突風にあおられ、どこかへ消えてしまった。

突然、大きな葉裏をひるがえすタケニグサ。

背の高い、西欧風の、斑《まだら》の犬が、赤く細い舌を垂らし、草いきれの中におどりこむ。

バッタが真剣に逃げるので、犬も次第に本気になり、自分が本当の悪魔かのように思いこむ。

すべてが熱に浮かされ狂っている。陽炎《かげろう》の向こうに、上げ潮の多摩川が光っている。

工場の塀に沿った桜並木は首領《ドン》だ。不気味な暗さを内にかくし、濃い葉の先だけで、世間の風に付き合っている。

ヒマラヤ杉は教会の長老。拡げた長い腕を大きく振って、興奮した民衆をなだめている。

奴はいかさまか？いや、あの蒼い顔は、民衆と共に死ぬ覚悟を示している。

真白い採取網をかかげて土手を行く兄妹。妹は虫籠をかかえて兄に続く。

陽に映えるポプラは校庭の子供たち。内から溢れる悦びに、一刻もじっとはしていない。

異国名前の朝鮮ヒルガオは昼間の月だ。雑草の荒くれ者たちの間に、ひっそりと咲いている。誰か彼女に力を貸してやってくれないか。

生涯を完結したタンポポは、身も心も透けて揺れながら、風に乗る日を待っている。

ザクロの朱《あか》い花は、ポックリげたをはいた娘の唇。淡い緑の小さな葉は、縁日のガス燈。

夏の制服を着た男の中学生が、口紅をつけた同級の女子学生を、揺らめく灯影から見つめている。

藍一色の富士が、丹沢山塊の暗い大山の向こうに、低く見え、その上を密雲が閉ざしている。どうやら戦争への雲行きだ。

（一九七八年一一月）

多摩川の午後

久しぶりに多摩川に出ると
青草が夏の終わりの陽に映え

クローバーの小さな葉が
白い花のように光っている

羽田のあたりから吹いてくる風が
上気した肌にここちよく
風にはいつも
少年の日の夢がある

堤防を越えて河原に下りると
ここはもう
車もなく　電話もなく
現世から切り離された
私ひとりの世界だ

七〇才になって
ランニングのできる人は幸福だと
数年前の日記に書いたが
まもなくその年になろうとしている

汗を風に吸わせ
ただ一筋に
傾く太陽に向けて進む
草の間を伝って逃げるのは
三角帽子の米つきバッタだ

フットライトを浴びることもなく
悲劇を避けるためにだけ
とぼしい才覚を使いつくした
平凡な人生

どこからともなく漂う
甘い香りは
刈られたまま放っておかれた
草の匂いだ

陽は　雲間を染めて沈み
暮れなずむ川の
鉛色の水面に映る人の影は

聖なる河ガンジスのほとり
悠久の天地に捧げられた
敬虔《けいけん》な祈りを思わせる

空気が急に冷えてきた
さあ　橋を渡って
帰りをいそごう。

（一九九三年一二月）

試走

三月末の荒川マラソンに出ることにしたので
年の初めに試走した

板橋スポーツスタンド前を九時二〇分に出て
荒川河川敷を河口に向かう

左に荒川　右に満々とした隅田川を見下ろす
堤のうえをひた走り

ふたたび河川敷に下りて
いやになるほど走りつづけ

一五キロ地点の隅田水門で折り返す

帰途
堰堤《えんてい》工事の囲みを嫌って
堤防の上にあがると
そこにも囲みがあって
やむなく堤を向こうに越えて
町中に入ってしまった

入り組んだ路地に迷ったあげくに土手に戻り
堤の上のでこぼこ道を
ほとんど歩いてたどり

スタート地点を通り過ぎ
三五キロ地点の

二度目の折り返し、朝霞水門をめざす

走路の脇にある運動場
その水飲み場に寄って
蛇口に触れると「正月中断水」と区役所の張り紙がある

次の運動場も
その次の運動場にも
同じ張り紙がある

朝霞水門を折り返すころには
夕闇が近づき
風が急に冷たくなる

荒川の河原の葦が悲しくさわぎ
カラスの群れが不気味に鳴きかわす

ゴール地点まで四二キロを

一滴の水も飲まずに走り通してしまった
タイムは規定の七時間制限を四〇分も超過
これでは参加しても失格

地下鉄の駅まで帰る途中
児童公園の水飲み場で
冷たい水をすすった。

（一九九九年六月）

栄光のゴール

走り初めて一〇キロ地点の手前
すでに一五キロ過ぎの第一折り返し点を回った
先頭集団と行き違う

トップは風のように速い
つづいて
二番、三番、四番、五番……

その他　大勢

黒い網目の靴下
長い兎《うさぎ》の耳の頭巾
『週刊プレイボーイ』の衣装の美女が
駆けてくる

柔道着　懐をひろげ　裸足《はだし》で走る
猛者《もさ》

真っ裸　パンツと運動靴だけ
赤銅の肌を光らせて走る
ひげ男

前をゆっくりと走るのは
そろいのTシャツ
そろいのパンツ
そろいの靴下
そろいの靴

双子のような女の子二人

腰のかがんだモンペのおばさんが
スイスイ私を抜いてゆく

あの頃はまだ陽も高かった

三五キロ過ぎた最後の五キロは
もうマラソンではない
競歩でも　速歩でもない
千鳥足だ

私は練習の成果を生かして
ランニングをやめないが
前の人を抜けないどころか
歩く人に追い抜かれる始末

ゴールは
広い河川敷の一隅

ボランティアのまばらな拍手
風に揺れる枯れ草

預けた荷物を受け取り
着替えて近くの駅に向かう

暮れかけた児童公園
水道の水で乾いた喉をうるおす

ライトもなく　歓声もなく　何もない
私のゴール

それでも私の額には春先の陽がかがやき
胸にはファンファーレがいつまでも
鳴っている。

（二〇〇一年三月）

流行歌

一月になって本番にそなえ
マラソンの試走にでる

荒川の河川敷を下流にほぼ一五キロ走って折り返し
スタート地点からまた上流にほぼ六キロ走って折り返す

下流に向かったときはまだ陽が昇るころだったのに
第一の折り返し点からスタート地点に折り返したときは
もう午後の冷たい風が吹きはじめている

ここからは歩く
去年あたりからの経験で
走るより歩く方が早いのを知っている
それに歩く方が走るより楽だ

また上流に向かうとき胸騒ぎがする
第二の折り返し点から無事に帰ってこれるだろうか

陽が暮れて人々が河原からいなくなれば
事故は明日の朝まで
だれにも見つけてもらえない
人の嫌いな性格でも
人のいない夜の河原は恐ろしい

第二の折り返し点から引き返すころは
幸いにまだ明るい
暮れるまえに帰れるだろうか
八〇過ぎの老婆の足取りよりも弱く
その歩幅よりも狭い
夕暮れに近い陽がかすむ
スタートまでたどり着けるか

これまでの人生の曲折はすべて思い返した
今後の人生の段取りも走りながら考え尽くした
雪の山道を越えるコソボ難民の姿が浮かぶ
最初に老人の歩みが遅れ

子どもの手を引く母親の前途は遠い
今はもう何も考えられず
訪れるのは不安だけだ

そのとき気を紛らわしてくれるのは流行歌だ
それも戦前、子どもの頃に聞いた歌だ
「酒は涙か、溜息か、心のうさの捨てどころ……」
「坊やよい子だねんねしな　山の鳥が鳴いたとて
泣くんじゃないよ　ねんねしな……」
強権に押さえつけられた昭和ひとけたの歌は
どうしてこんなに哀しいのだろう

「酒は涙か」をうたえば
自動車がほとんど走らなかった時代の郷里の町の
すすけたうどん屋の提灯のかかった狭い通りが
うす墨色でうかんでくる

「赤城の子守歌」を口ずさめば

都会のきらめくオーケストラを背景に
子どもを背負ったやくざの姿が目にうかぶ

こうして三分なり五分なりを
疲れを忘れてたどるのだ

「きのう勤皇　あしたは佐幕……どうせおいらは
裏切者よ……」
「侍ニッポン」の時代を先取りした着想におどろかされる
「窓をあければ港がみえる　メリケン波止場の
灯がみえる……」

軍部に屈しなかった淡谷のり子の気骨を思い
神戸の波止場で私が生まれて初めて見た白人の
白い粉をふいたようだった顔が思いだされる

夕陽を背に
影の伸びた長い長い道を病人の足取りで出発点に戻ってくると
背中のリュックからオーバーを取りだす間もなく

駅に向かって急ぐ
「今日はさほど疲れなかったな」
などと思いながら。

（二〇〇二年三月）

失格

「ランナーは　スタートの位置についてください。三〇秒前です」。毎年スタート一五分前に知らせるマイクが今日はどういうことだ。あわてて道のはずれの草むらで用を足す。戻って来て目の前のランナーの列に加わる。そこはゼッケン番号五〇〇〇台だ。私の番号は一四〇〇五。本当は列の最後尾、ずっと後ろだがズルをした。出発の号砲が鳴ってぞろぞろ歩きだす。先がつかえて走れない。

ようやくスタートラインまできて、前があいて走りはじめ、隣の人に聞くと、九時五分か六分ころと言う。去年は列の最後尾の方にいて出発まで一一分かかった。今年は六分ほど得をした。ちょっと後ろめたい気がした。この欲張りが命取りになる。

五〇〇〇台のランナーなら四時間前後で走るだろう。私のペースは六時間五〇分、制限時間の一〇分前だ。五〇〇〇台のランナーとはとても一緒には走れない。なるべくコースの端を選んで、どんどん追い越されてゆく。

五キロ地点に設置された電光時計が四九分。しめた！去年が四八分。ほとんど違いがない。……この誤算が愚かな油断になった。〈のんびり行こう　時間内に入ればよいのだ〉。昨日までの雨が奇麗に上がって、三月の陽光と風が最高だ。人々にどんどん抜かれるが〈気にしない　気にしない〉

一〇キロ地点の電光時計を見て愕然とした。一時間三九分。この五キロで五〇分かかっている。去年は一〇キロ地点で一時間二六分だった。一三分もオーバーすれば、制限時間の七時間を超える。〈この後どうなるだろう？〉。走りながら頭をしぼるがまとまらない。とにかくスピードを上げなければならない。コースの脇では和太鼓の一団がバチを揃えて盛り上げる。〈制限時間を超えるかもしれない身に、太鼓を楽しむのは許されない〉と唇をかむ。

太鼓見物の群れのなかから男が二人、ふらふらとコースのなかに入ってくる。人におくれてよたよた走るランナーなぞ　目に入らないみたいだ。なかの一人に突き当たる。一歩を譲る余裕も　もう私にないのだ。一五キロ地点手前の給水場で水をとるのを控える。遅れたものに贅沢はできない。〈二〇キロまで我慢しよう〉。

いつかの体育祭で　瀬古選手の映像を使った説明があった。マラソンでは前傾せず　上体を真っ直ぐに保って走る。そうすると歩幅が広がるというのだ。教えに忠実に身体を起こし　はるか前方を見ながら走りつづける。右の背中に寝違いのような痛みがでる。ときに地面に目を落とすとめまいをおぼえる。不安がひろがる。

一五キロの電光掲示で二時間二八分。この五キロ　四九分だった。これなら行けるだろうか。明暗が交錯する。あくまでも上体を起こして走る。コース監視のおばさんが微笑みかける。こちらも笑って応える。「マイペースですね」。たぶん他に言い様がなかったのだろう。

復路のランナーの大群とはや行き違う。大勢のなかに一人が遠くから手を差し伸べる。私のたった一人のランナー仲間だ。すれ違いざま掌を合わせる。友情のしるしだ。「がんばって」彼が声をかけるが、その顔に曇りがある。あまり私が遅いので、心配しているのだろうか。

ゆっくりと後ろから私を追い越したランナーに、しばらくついて行くが、また距離を開けられる。折り返してくるランナーの群れが、だんだんと減る。

二〇キロの電光掲示で三時間一七分。この五キロも五〇分以内だ。すこし気持ちが明るくなる。給水所の紙コップをとり、バナナをつかむ。水が乾いた喉をとおる。「折り返しまで、あと一〇分で行かないと収容されます」。監視員が声をかける。前を走る二人づれの若い女が　きゃあきゃあと驚いて　スピードをあげる。こちらも負けじと心持ちピッチを早める。

折り返し地点で三時間二七分。収容される三分前。この三分と　スタートラインまでかかった五分をあわせ、八分のゆとりが復路にあるはず。なんとかゴールにすべりこみたい。

復路は河川敷の土手に上る。旧式の固いコンクリで脚にひびく。一歩でも二歩でも早くゴールへ。前のランナーとの距離が　縮まるようで縮まらず　コースは土手からまた河川敷に下りる。二五キロ地点手前の給水所で　水を飲み、パンをとって胃に流しこむ。

二五キロの電光掲示が四時間五分。今回の五キロも五〇分を切った。もうひと踏ん張りで、四〇キロから後の二・一九五キロを稼ぎ出すのだ。ゴール近くでは、ほっとする時間を楽しみたい。そのために今苦しむのだ。

小柄な監視員のおじさんが、微笑んで声をかける。「頑張っていますね」。こちらも微笑み返す。すれ違うところで「お幾つですか」「八〇才です」「えらいですね」。よほどくたびれたと見えて、声をかけたんだろう。つい歳を言ったのが悔やまれる。完走した後ならともかく、まだ未知数なのに。

三〇キロ電光掲示が四時間五九分。この五キロは五〇分を超えた。しかしまだ五時間以内だ。七時間の制限にはあと二時間ある。その間に五キロで一〇分、つぎの五キロで一〇分を生みだし、その二〇分で二・一九五キロを走るのだ。走れるような気もするし　無理なような気もする。火事場のばか力というではないか。くたくたに疲れたときでも　交通信号の緑を見て　あわててスピードを上げたことがあるではないか。

マラソンを終えて家に帰った時のことを、走りながら考える。妻がいつものように「どうだった」と聞くだろう。何も詳しく言う必要はない。「完走したよ」それでよい。そこに物言わぬ誇りを込めようと思うと、胸が躍った。「奇跡の復活」。その言葉が心に浮いた。何度もこの言葉を繰り返し　その度に胸がはずんだ。それも僥倖《ぎょうこう》ではない。これまで何回も試走した。本番で笑うために泣いた練習ではないか。

三五キロの電光掲示が五時間五九分。この五キロも五〇分を超えてしまった。もう姿勢にかまってはいられない。前傾してピッチを上げる。後ろ足を強く蹴る。スピードが上がったような気がした。それでもペースを乱してはならない。呼吸を整えリズムを守る。

コースはまた土手に上がった。隅田川と荒川、両側の河面を見ながら走る。道に沿った

手摺《てすり》の白い側板で　スピードを確かめる。追いつめられてからピッチを上げようと思っても　無理かもしれない。苦しめ　苦しめ　いまの一歩に全力を尽くすのだ。そして最後に笑うのだ。

脚を引きずっている人を追い越す。コース脇に膝を抱いてうずくまっている人もいる。この人たちに完走は無理かもしれない。〈おれは負け犬にはならない〉と気取ってみる。いや　いや　若い人は　最後にするすると抜いてゆくから油断ならない。

長い長い土手のカーブの先端に巨大な水門が見える。そこからゴールまでは五キロ。水門の上を抜けたとき　時報のサイレンが鳴った。三時だろうか。それならあと一時間。一時間に五キロなら楽だ。一瞬　気がゆるむ。そんなことはありえない！　三時一〇分か一五分の時報だろう。自分で自分を叱りつける。

水門を後にすると　コースはまた河川敷に下りてゆく。散らばっていた収容車　救急車　警備車がぞくぞくと　引揚げてくる。競技終了の支度なのだろう。

四〇キロの電光掲示が六時間四二分。あと二・一九五キロに一八分しかない。無理だろうか。三〇〇メートルほど先を　ピンクのウエアの娘さんと他に二、三人が走っている。私の後ろから黒いウエアの小太りの若者が　ゆっくりと私を抜いて行った。

全力疾走といっても二、三〇メートルならきくが　一キロも二キロもは続かない。息が切れてとても無理だ。火事場のばか力とはならないことが分かった。私を追い抜いた若者は　ピンクの一団に確実に追いついている。

「ゴールまで六〇〇メートルです。みなさん　もう頑張らなくてもよいですよ」。コース脇で役員が声をかける。競技は終わった。ピンクの娘さんはまだ走っている。彼女も時間に間に合わなかっただろう。あのひょいひょいと走っていた若者は　無事にゴールにすべりこんだようだ。「よいですよ」といわれても止めるわけにはいかない。すでに走り終えたランナーがその家族とともに　コースの脇から拍手で励ましてくれる。

ゴールに入ったとき　電光掲示は七時間五分だった。

（二〇〇四年六月）

旅は道連れ

マラソンの本番が近づき
何回目かの四二キロを試走している

走りながら
来し方行く末を考えて
われにかえると
疲れが一度に襲ってくる
これからが長いのだ
まだ半道ある

疲れをまぎらわしてくれるのは
歌だ

河川敷の道路には
一〇〇メートルごとに敷石がある
花鳥の柄のモザイクで
四キロにわたって続く
ひとつの図板を踏んで次の図板まで
気の遠くなるほど遠いが
歌詞とメロディーを思っていると
図板は飛ぶようにやってくる

まず浮かんだ歌は
「惚《ほ》れて惚れて惚れていながら
行くおれに
旅をせかせるベルの音
辛いホームに来は来たが
未練心につまずいて
落とす涙の哀愁列車」

流行ったとき愛唱した覚えもないのに
なぜか三橋美智也の高音の
「惚《ほ》れて惚れて惚れていながら
行くおれに」
のメロディが天から降ってくる

高音のところを何度でも何度でも
飽きるまで繰り返す

次は
「曇りガラスを手でふいて
あなた明日が見えますか
尽くしても尽くしても
ああ人の妻」

他人の妻を恋した経験はないのに
なぜか身につまされて
「尽くしても尽くしても
ああ人の妻」
を繰り返しながら
歌手・大川栄策の慎ましい笑顔を思い浮かべたりする

次は西条八十の作詞「侍ニッポン」
「人を斬るのが侍ならば
恋の未練がなぜ斬れぬ
のびた月代《さかやき》さびしくなぜて
新納鶴千代苦笑い」
自分も顎をなでる気がする

「昨日勤皇　明日は佐幕
その日その日の出来ごころ
どうせおいらは裏切りものよ
野暮な大小落とし差し」

ここのところが身に沁むのは
「裏切り者」
「教条主義者」
切った張ったの
組合出身だからだろうか

次は一転やくざ渡世だ
田畑義夫が歌った「大利根月夜」
「愚痴じゃなけれど

世が世であれば
殿のまねきの月見酒
男平手ともてはやされて
今じゃ今じゃ
浮世の三度笠」
人生の流転を自分もすっかり
味わっている気がする

「元をただせば侍そだち
腕は自慢の千葉仕込み
何が不足で大利根暮らし
国じゃ国じゃ妹が待つものを」

千葉周作の道場で私も
師範代になっていたような気で
歌いつづける

演歌が終われば軍歌になる
「徐州　徐州と人馬はすすむ
徐州居よいか住みよいか
しゃれた文句に振りかえりゃ
お国なまりのおけさ節
風がほほえむ麦畑」

これが軍歌という気はしない
麦秋のさわやかな風に吹かれている気分だ

「……
行けば戦野は夜の雨
声を殺して黙々と
枚《ばい》をふくませ粛々と
兵は徐州へ前線へ」

疲れた頭では二番と三番をくっつけたり
忘れたところを勝手に埋めたりする

雨に濡れて前線にむかう兵士の
誰が一番乗りしたいなど考えるだろうか

夜明けの不安な戦闘を思い
みんな後ろに逃げて帰りたい
しかし軍律が厳しいため
やむなく前に進むほかない
彼らの閉ざされた心を思って
ほとんど涙さえ出そうになる

兵隊のなかには親戚のおじさんや
近所の友達の兄さんたちもいる

しかし中国民衆から見れば
鬼畜日本軍兵士ではないか

気落ちしてやり切れなくなるとこの歌だ

「どこまでつづくぬかるみぞ
三日二夜は食もなく
雨降りしぶく鉄かぶと

いななく声も絶えはてて
倒れし馬のたてがみを
形見と今は別れきぬ」

出口のない思いにとらわれたときは
この歌に不思議に慰められる

和んだあとは小学唱歌だ
「笛や太鼓にさそわれて
山の祭りにきてみたが
日暮れはいよいよ里恋し
風吹きゃ木の葉の音ばかり

母さん恋しと泣いたれど
……」

この後が分からないが
そこまでは本当に体験したことだ
母の妹が山深い田舎に住んでいて

そこの祭りにさそわれて
神社の前の出店を見てまわったあとは
村の歌舞伎に連れ立ってゆく
活動写真を見た子に
村芝居など面白いはずはない

もう少し楽しい歌はないか
「お山の大将おれ一人
後からくるもの突きおとせ
転げて落ちてまたのぼる
赤い夕陽の丘のうえ

子供四人が青草に
遊びつかれて散り行けば
お山の大将月ひとつ
後からくるもの夜ばかり」

朝から走り始めて
短い冬の陽はもう次第に陰り
冷たい風が吹きはじめる
夕靄の先に見えるのが
今日のゴールだ。

（二〇〇四年一二月）

繰り言

訴えを申し上げますものは
さる三月XX日のマラソン大会に
ゼッケン番号一〇六XXで走りましたランナーです
まず、このような大会を設営され
素人にもマラソンに参加できる機会を
与えていただいたことに感謝します

さてランナーの末尾を走るものにとって
バナナやパンの品切れになっていることは
とても悲しいことなのです

と申しますのは
大会当日はいつもより早く起きて
軽目に朝食をとり
一時間以上電車にゆられ
大会会場に到着します
マラソンコースにパンが用意されていることを知り
あまり胃に溜まらないように朝は軽く食べました

会場の河川敷でランニングとパンツに着替えて
出発の合図を待ちます
私たちゼッケン番号一万台余のものは
九時に待ちかねた号砲が鳴っても
多くのランナーのあとについて歩き
スタートラインに着くまでに一五分もかかります

それでもラインを超えると前がすき
今日の決意を胸に秘めて
軽い足を踏み出すのです
四二キロの時間配分を目まぐるしく
頭のなかにえがきながら

ところが九・一㎞地点に用意されているはずのバナナ

ナがないのです
あるのはコース脇に散らばっている皮だけです

一二km地点のパンもなく
一四km地点のバナナもなく
一七・四km地点のパンもなく
二〇・二km地点のバナナもなく
折り返したあとに期待していた二三km地点のパンもなく

次第に不安に襲われつつ
二五・四km地点のバナナもなく
コースに沿って並ぶ赤十字の救護隊テントをみると

無駄と知りつつコースをそれて
そこまで行ったのですが
もちろん食べるものはありませんでした

さらに二七・九km地点のパンもなく

みると、給食係の人全員に
弁当が配られていました
当然のことですが
その満ち足りた顔を見ると
羨ましくなってしまいました

コースの途中で力尽きないか
一歩一歩が不安と恐怖の連続でした

はじめてバナナがあったのは三〇・一kmの地点で
三分の一に切られたバナナの
二、三個分を口にほおばり
ひとまず救われた気になりました
午後一時四五分でした

さらに三三km地点のパンもなく
昨年は三七キロ付近の水門の手前にあった
　パンの給食所が見当たらず
初めてパンを口にしたのは三八・一kmの地点で

その甘いアンを胃に流し込むことで
やっとゴールにたどり着きました

たしかに貴重な経験をさせていただきました
滅多に味わえない体験でした
やむをえなければできない挑戦でした
オーバーにいえば
命をかけた冒険でした

大会役員のお考えでは
後から来るものにはバナナやパンは
残らなくて当然なのでしょうか
走るのが遅いのが原因で
世は競争の時代なのですから

大会参加費は値上げで四五〇〇円になり
参加者が一万五千人以上となれば
高すぎると思うのですが
そこには給食費も含まれているはずです

給食費を巻き上げられても
重い足でゴールまで走り続けるのが
ランナーの悲しい習性です

いやもうその頃は走っているのではなく
足を引きずっているのです
そんなランナーの習性を利用した新手の詐欺？
まさか？　そんなことはないでしょう

一昨年でしたか、やはり遅いランナーに
あんパンが品切れになっていて
レース終了後に役員のテントまで行って
抗議したのですが
一向に効き目がないのは
その他大勢の訴えにすぎないためでしょうか
民主主義の世の中で
意見が実らないのは悲しいとはいっても
意見を言えるだけでも
嬉しいことかも知れません

そして
春の陽がはやくも陰りはじめるころ
制限時間の七時間ぎりぎりで
やっとゴールに着いたことに安堵《ど》し
一年間の重荷を下ろし
次の一年を展望する気になって
はや来年の大会のパンとバナナが心配になるのは
なんという貧乏性でしょう
冷たくされればされるほど
思慕のつのる恋人です

この切ない気持ちが分かっていただけなければ
次はスーパーで買ったパンを
ポケットにしのばせて走ることになるのでしょうか
生活弱者の必死の知恵です
足の遅いランナーの繰り言に
最後まで付き合っていただき有り難うございました
私の微意は　河川敷の枯れ草を伝う風に乗り
お心にまで届くよう祈っています。

（二〇〇五年八月）

詩集のあとがき

もともと虚弱体質の私がマラソンを始めるようになったのにはきっかけがあった。１９６０年秋、東京都武蔵野市の運動場で第2回アカハタ祭りがあり、友人と一緒に参加し、各種の運動競技を見た。そのあと自分でも走りたいと熱烈に思うようになった。自分の走る姿を見られるのが恥ずかしく、朝暗いうちに家を出ることにし、交通事故に遭わないように上下真白の綿のぼってりとしたトレーナーを購入した。今日のように軽いスマートなものはまだなかった。

家を出て国道2号線（第二京浜国道）を南に取り多摩川の岸辺を走った。Ｔシャツ、トレパンで走りに出て、いつまでたっても肘《ひじ》のしびれがとれないと思っているうち、夜が明けると、岸辺に霜がびっしり下りていることがあった。35歳過ぎのころだ。その後、暇があれば多摩川の土手を走った。

20年ほどして、東京女子マラソンが始まり、１９８０年の秋に第2回大会を現在のＪＲ品川駅前まで見に行った。名前を忘れたが米国在住でがんの手術をしたという女性がビリの方で、どたどたと走っているのを見て、これなら私も走れるように思えた。そのあと多摩川の土手でフルマラソンの練習を始めた。初めてのことで勝手が分からず、小さな段差につまずいて三度ほど転んだ。55歳過ぎのことだ。

そして2年後に千葉県の第1回佐倉マラソンに参加した。タイムは4時間18分だった。

マラソンを始めるきっかけになったあの女性ランナーよりも1時間以上遅かった。以後、1回だけ所用で参加を見合わせたほかは第10回まで連続出場したが、そのあと続けて2回、制限時間の5時間を守れなくなって止めた。

その後、若い友人から制限時間7時間の荒川マラソンがあることを教えられ、1999年春の第2回大会から、そのマラソンに参加するようになった。

戦前に育った私のような者にとって、マラソンを走るなどということは、想像さえできない夢のまた夢だった！　その夢が実現したことで、今の世を有り難く思っている。マラソンで学んだことはたくさんある。そのことに感謝の念を込めて、この拙い詩集を編んだ。

（二〇〇六年一月）

3　ホノルルマラソン報告（２０１６年12月・93歳）

２０１５年は制限時間10時間の伊豆大島一周マラソンをポールを使って9時間23分で走破、その前々年は、自分の足だけで、9時間27分でゴールしたが、その後、国内にこれだけ制限時間の長いマラソン大会がなくなったことから、海外で時間無制限といわれるホノルルマラソンに目を向けないわけにはいかなくなった。

前夜

２０１６年12月8日、自宅で簡単な夕食を終え、羽田空港行きバスに乗車。師走の東京の夜は寒く、上下のスポーツウエアの上にコートを着て搭乗を待った。

一つの心配は暑さだ。フルマラソンのコースに日陰はあまりないという。長女が経験者に聞いたところ、さほど暑くないという人もあれば、暑いという人もいたようだ。この歳になると直射日光が一番体にこたえる。

機内の夜明けは早い。朝食が配られ、肉団子のようなものはハワイの郷土料理だと長女が教えてくれた。それにサンドイッチ。ホノルル空港到着は同じ12月8日の午前9時30分(現地時間)。実質の滞空時間は6時間半ほどのようだった。空港で待っていた旅行スタッフにホテル向けの荷物を渡し、バスでマラソン準備会場に向かう。今回は旅行会社が企画した「ホノルルマラソンツアー」での参加だった。バスを降りてコンベンションセンター3階、旅行会社の待ち部屋に入ると、折り畳み椅子に30人ばかりのマラソン参加者。

やがてサポートコーチ陣からコースの説明が行われ、最後にヘッドコーチからの挨拶があった。ついで地階に降りると、そこは体育館並みに広いゼッケンの引き渡し場になっており、番号1000台の枠ごとに受付があり、私は23463のゼッケンをもらった。ゼッケンの裏には計測チップが付いていて、これがスタート、ゴール、中間点の通過タイムを記録する。

ホテルには午後3時に投宿。夕方まで旅行会社の冊子をめくると、マラソンコースの下見ツアーが2800円、ダイヤモンドヘッドの日の出ツアーが3900円とあったが、お金のかかるものは一切辞退。

夕方、ホテルを出て、外食。ホノルルまで、滞空時間が短かったせいか、さほど時差を感じないまま、同8時頃ホテルに帰り、同10時頃消灯。

9日。孫娘2人が休暇を取って、朝の便でホノルルに着いているはず。携帯に電話して、ロイヤルハワイアンセンター2階のコーヒー店で落ち合うことにした。4月に長女の一家が来たときおいしかったそうだ。その店の前で2人は元気そうに待っていた。小さな店は満員で、席が空くのを待って中に入り、テーブルの間を抜けてバルコニーに出て座った。

帰路、裏通りのお結び屋さんで、1個1・7ドルのお結びを朝食持参する分として10個買った。スタートは夜明け前の5時、それに備えて午後8時に消灯した。

本番

すぐに眠り込み、同11時に目覚めて用を足した。ベッドに戻ったが今度は眠れない。眠る方法を考えた。昔、父は「羊さんが1匹来た、羊さんが2匹来た」と唱え、100匹までのうちに眠れると言ったが、その効き目は怪しい。母は私が学徒出陣で入営する日の朝、「いざというときにじたばたするんじゃないよ」と言った。この母の教えは戦争が終わってからも、何度も、危機に遭遇するたびに思い出された。この日もそうだった。

そのまま一睡もできず、フロントに頼んでおいた翌朝の午前2時半に起床ベルが鳴った。不安に震え、泣きながら起きた。地獄の3時間だったが、いまは、じたばたせずに覚悟を決めなければならない。同3時までにロイヤルハワイアンセンター脇の停留場に行く手はずだ。そこからスタート地点へバスで運ばれる。

ホテルを出て暗い歩道を同センターまで行くと、集まったランナーを大型バスが次々に拾っている。車内で座れるように、1台遅らせて乗り込み、窓からまだ眠っている街を眺めた。20分ほどして降りたのは広いアラモアナ公園だった。

出発の時間が近づいた。持参したお結びから梅干しと鮭と昆布の3つを次々に食べ「腹が減っては戦はできぬ」と、大きなバナナも一本食べた。ここのバナナは味も香りもよかった。広場のランナーたちは、だんだんスタートラインに移り始めたようだった。

出発合図の花火がドーンと上がった。ランナーの群れが動き始めた。自己申告7時間のグループが通過したところで、列に入った。

スタートラインを越えたのは同5時18分だった。家並みから漏れる微光に照らされても、なお暗い。いくらかの凹凸の大通りを、転ばぬように身体を両手のポールで支え、ランナーに交じって足を速めた。

コースはロイヤルハワイアンセンターとは反対の西に向かい、3㎞ほど行った地点で一転しセンターの方に戻る。「パパ、調子いい！ 1㎞を13～14分台よ」。長女がスマホを見て言った。私たちの前を子どもを挟んだ若い女性の2人が行く。この後を付けることにした。3人の幅があれば私のポールにつまずく人もないだろう。6㎞地点を同6時41分、7㎞を同6時54分で通過したから、その差1㎞が13分。「パパ、調子いいじゃない」と長女。1㎞13分で、40㎞は8時間40分となり、ゴールまでが9時間10分となれば、私としては好調だ。このままのピッチを維持したい。

コースはカラカウワ大通りに入り、陽が正面から昇り始めた。暑さ対策として濡らして首に巻く保冷タオルを、長女が持参したペットボトルの水で濡らし、私の首に巻いてくれた。孫娘たちはここで、手を振って応援してくれていたが、腰が曲がって、ポールを使い、よぼよぼ進む祖父をどんな気持ちで見ていただろう。コースは10㎞地点を過ぎてから、ワイキキの浜を遠ざかり、日陰のある並木通りに入った。単調な道の先にコース唯一の上り坂、ダイヤモンドヘッドがあった。緩やかな登りが続き正面から朝日が差した。「パパ、頑張っている！　14分台！」。上り坂をそのピッチで過ぎ、頂上を越え、緩やかな下りに移り、15㎞地点を同8時42分に通過した。

17㎞地点あたりでコースは海の方に大きく折れて複々線となり、山側の大通りには車がたくさん行き来している。ランナーの走る海側の通りに日陰はほとんどなく、強さを増した陽光が降り注ぐ。長女が私の首巻タオルを何度も冷たいものに取り代えてくれた。コースの中間点20㎞過ぎあたりで、奇妙な足長おじさんと並行することになった。それは竹馬ではなく、スチール製の3段ほどの梯子《はしご》を脚にして、これをガチャガチャと音を立てながら歩いている。それで私の走行と同じスピードだから驚く。後で聞けば片足はもともと義足だそうだ。私のポールよりも、こちらの方が周りのランナーには危険かもしれないが、ホノルルマラソンは何かにつけて鷹揚なのだろう。しばらく並行しているうち足長おじさんが立ち止まった。一人の若い女性が付き添い、地上から世話をしているようだった。少し行くと沿道のボランティアが水道のホースで舗道に水をまいている。ときどきホースの穴を狭めて遠くまで散水している。近寄って合図し全身に霧の水をかけてもらった。21㎞の通過が同10時16分で、スタートから正味約5時間。このままなら10時間でゴールできる。

折り返したトップ・ランナーとはダイヤモンドヘッドの手前ではや行き合った。25㎞の近くで往路は復路と別れて小さな入り江を周回するコースになる。疲れておなかも空いた。入り江を越える橋のたもとのベンチに長女と並んで腰を下ろし、お結びの半分を食べ、スポーツドリンクを飲んだ。制限時間がないので、途中で食事をしたり写真を撮ったりしているランナーも多い。

30㎞地点あたりで、地点表示板はなくなり、マラソンは片付けに入ったようだった。歩道のたもとにベンチを見つけ、また腰をおろし、お結びの残りの半分を食べ、水を飲んだ。そこから35㎞までの復路は長い直線コースとなり、往路と違って幾分樹木と家並みがあるために日陰があった。

35㎞過ぎでコースは海側に曲がった。その角にエイドステーションがあり、そこにはまだ多くのボランティアが詰めていて、私たち落ちこぼれのランナーを拍手で迎えてくれた。ここでは気恥ずかしくて水を飲まなかったが、それまで沿道2・5㎞ごとのエイドステーションで浴びるほど水を飲み、また濡れたスポンジを取って、それを頭上で絞った。角を曲がり切ると閑静な住宅街で、その一軒の家の前のベンチに腰掛け、またお結びの半分を食べ、水を飲んだ。

25㎞を過ぎて1㎞が17分前後に落ちていたのが、このころ、やや復調したようだった。ダイヤモンドヘッドを上り切ると、左手に真っ青な光り輝く海が見下ろせた。緩やかな坂を下り終えると、そこからゴールまでの対応を考えた。無理をせず、調子を整え、無事にゴールしなければならない。昨夜はほとんど眠れなかったが、何とかここまで来た。

やがて、40㎞の表示板があった。コースはカピオラニ公園に入ってカーブを描いたあとは、青い芝生の中の長い直線だった。「ゴールの白いテントが見える」と長女が言う。うつむき加減になっている首を起こすと、白い天幕が幾つか見えるが、どれがゴールのテントか分からない。長女はスマホで連絡を取り、二人の孫娘が芝生の中を走ってきた。「おじいちゃん、すごい」を連発。まるで完走できるとは予想していなかったかのような喜びようだ。

せめてゴールのときだけはと、ポールを孫娘に預けた。そして100メートルほどを自分の足だけで駆けたが、ゴールを間近にして疲れはすべて飛んだ。ゴール手前で、表示時計は午後4時19分を指していたので足を止め、同4時20分になったところで、長女と一緒に万歳してテープを切った。スタッフが貝殻で編んだレイを首に掛けてくれた。ゴールを外れると、大きな完走メダルとTシャツの入った袋が渡された。

事後

ホノルルへ出発前、ある在京テレビ局が、最高齢参加者として、マラソンとその前後を取材させてほしいとの電話があった。「いいですが、ポールを使います」と答えると、2～3日して取材取り消しの電話が入った。ポールの使用は規則違反と気付いたのだろう。

帰国してから10日後の12月24日、ホノルルマラソンの名入り封筒で何かが送られてきた。開くとこぶし大の木箱で、裏に貼られた紙片に「年代別部門に入賞されましたので、記念品のBoxをお送りします（思い出の品などを入れてご利用ください）」とあり、箱の表には「90—94、男子第2位」と刻まれていた。

長女に賞品の到着を報告すると、入賞者のリストをパソコンで検索できるという。パソコンを開いてみると、この年代男子1位はTomiji Shiota（塩田富治）という北海道の人で、タイムは8時間零分47秒と格段に優れた成績だった。この年代では私と二人だけで3位はなかった。塩田さんと私と、どちらが最高齢かは分からない。いつか塩田さんに会ってみたいと思った。

マラソンの直後、来年はどうするか迷ったが、日がたつにつれてホノルル再訪の思いが強い。しかしそれも、日本に制限時間の長いマラソン大会がないからで、それがあれば多額の経費をかけて外国に行く必要はない。

これまでのマラソン練習を振り返り、ランニングの「ラン」を織り込んで一句を詠んでみた。

幸せは泣きつつ重ねる寒のラン

4　最高齢ランナーを訪ねて

さわやか市民ランナー

中野陽子さん（84歳）

高齢者ランナーとして数々の世界記録を更新、また市民ランナー憧れの「ランナーズ」賞（月刊『ランナーズ』後援）を受賞した中野陽子さん＝東京都大田区在住＝にインタビューした。

1935年生まれ。70歳の時にランニングを始め、2006年、71歳のときにホノルルでフルマラソンデビュー。4時間44分44秒で走ると、2年後の湘南国際マラソンではサブフォー（4時間以内）を達成し3時間56分46秒。75歳の時、北海道の「サロマ湖100㎞ウルトラマラソン」で12時間29分21秒。この後、2012年に大田原マラソン（栃木）で出した3時間53分42秒がマスターズ陸上女子75～79歳の世界記録になった。同クラスの3000ｍ、5000ｍの世界記録も更新。2016年に80～84歳の1500ｍの世界記録も樹立した。同年、80歳の時の東京マラソンで4時間16分0秒（80～84歳の部の世界記録まであと3分16秒）。２０１６年ランナーズ賞を受賞。さらに、東京マラソン２０１７で80～84歳（女子）部門の世界記録（4時間11分45秒）樹立の快挙を達成した。

お会いしたのは２０１７年12月12日、ＪＲ蒲田駅ビルの喫茶室。インタビューには全国健称マラソン会（ＺＫＭ）関東支部長の畠中正司さん（83歳）と同支部会員の來田《くるた》悦一さん（80歳）が同席した。中野さんは淡々と思い出を語ってくれた。

「私はいま義理の妹と二人で住んでいますが、母は人工透析をして99歳まで元気でした。最後まで母をよそに預けることなく自宅で介護し、母はもう最高に自分は幸せだと言って逝きました。

子どもの頃は走るのは、ビリにならないように頑張って走った子どもでした。球技も全然だめです。運動は好きで、バレーボールも卓球もバスケットボールも何でもやったんです。でも、例えばクラス対抗でバレーボールだとクラスの中で9人に選ばれない。たまま補欠で出たら、私のところにボールが来ませんように、とそういう子でした。

ただ縄跳びだけは、すごくできるというのではなく、誰が一番長く跳んでいられるか、というのは1番になりました。持久力はあったんでしょうね。だからマラソンに向いていたんです。

定時制高校を20歳で卒業し、高校時代から勤めていた精工舎を28歳で辞めましたが、その間や辞めた後も、洋裁学校やカッティング、デザイン教室などにいっぱい通いました。

会社を辞めた後は、失業保険をたくさんもらいましたが、家で洋裁を教えていました。でもお勤めに出ないとそれ以上自分が伸びていかないと思って、今もあるのですが、麻布（東京都港区）の「マドモワゼル」というオートクチュールのお店に勤めました。31か32歳だったと思います。パタンナーという仕事でした。……………

記録は、別に上がってるわけではないですね。皆さんは、すごくいい記録を今まで持っているから、必死に、元の記録を取りたいと思う。私はもともとの記録がなくて、ゼロからの出発でした。無欲ですから楽しいですよ。走ったら走れちゃったという人間だから。ただ今は自分の記録をできるだけ維持していこう、と。『ランナーズ』（ランニングの月刊誌）のランキング、あるじゃないですか。あれを見ると、もちろん今までずっと1位を取っていますが、今年の記録と10年前の記録と30秒しか落ちてないんですよ。それは自分でもすごいな、マラソンに向いていいたんだな、と思います。

練習は、週に3回から4回ですね。だいたい土日曜はしますけれど、あとは間で。通勤ランをやってみたけれど、くたびれてあまり効果がないから。それだったら仕事の後、1度家に帰ってきて1時間半休んでから六郷土手（多摩川の土手）に出るんですよ。だいたい4時か4時半くらいから土手に出て、1時間半。多摩川を10キロ走って帰ってきます。今は4時半だとちょっと暗いので、できるだけ4時に出るようにしています。

今日は走れないなと思う時は、朝、池上本門寺（東京都大田区）までだいたい往復で7キロか8キロ。池上に行くときは、朝6時に起きて6時半に出て、大体7時半に帰ってきます。近くの坂に行って帰ってくると、約1・1キロ。それを大体3周。レースが近づくと、これを4周、5周と増やします。土日はできるだけ長い距離を走るようにしています。その時によりますが、ゆっくり3時間走とかをします。

いまシルバー人材センターからの派遣で、週に3日特養ホームのリネン交換の仕事をしています。仕事場の大田区の糀谷《こうじや》へ週1日、行き帰り50分ずつ歩いていきます。同じく区内の下丸子へは週2日、行き50分、帰りは多摩川を通って帰るので1時間歩きます。この仕事をマラソンの費用にしています。ウェアなどは大会に出た時にいただいたもので間に合わせています。私はウェアはほとんど自分で作っているので、思い入れがあって捨てられないですね」

お会いする前は、数々の栄誉に輝く大女性ランナーと恐れていたが、会ってみると小柄で慎み深い人だった。戦後の混乱期に定時制高校に通いながら一家を支えた苦労を少しも感じさせない姿に、ますます尊敬の気持ちが高まった。

中野陽子さんを囲んで。JR 蒲田駅ビル内喫茶室で。2017 年 12 月 12 日。ZKM 関東支部長　畠中正司氏（右)。同支部会員　来田悦一氏（左)。右から二人目（筆者）

2つのギネス認定証

阿南重継さん（95歳）

2015年10月、熊本市内に住む義妹夫婦及び長女と一緒に、熊本県阿蘇市波野のご自宅を訪ねた。玄関脇の3畳ほどの部屋には壁から天井まで賞状が貼られ、その隣の部屋で、重継さんと妻・ミヨ子さんの話をうかがった。このとき見せていただいた自著の小冊子『偕老同穴《かいろうどうけつ》マラソン人生』と『東京マラソン2015を完走して』の中にある次の2つのハイライトが私の目を引きつけた。

まず、最初の冊子で老夫婦がフルマラソンを完走し、ギネスに認定される前後の描写だ。

「2008年1月13日、第27回いぶすきマラソン大会は穏やかなスポーツ日和に恵まれました。テレビカメラに追われながら午前9時にスタート、大勢の方々の沿道での声援とボランティアの皆様のお力を頂いて、予定していた時間内で5km、10kmと進み、スタートして6時間30分。最後の難関の坂に差し掛かりました。その時私が妻に突然、都はるみの『夫婦坂』を歌えと声を掛けました。嫌がると思いきや妻が『この坂を越えたならあ』と上手ではないが元気な声で歌い出しました。取材のため、付いて来ていた鹿児島、福岡の両テレビ局がすかさず録音。その歌声は全国に流れて行きました。練習では、やっと8時間内に走るのが精いっぱいでありましたが、皆さんの応援のお陰で7時間36分でゴール出来ました。無事にと言うべきか、見事というべきか、私は走れた結果よりもその過程こそ大事であると思っています。自分の不注意で膝を痛めてから7年間、以来夫婦2人で頑張った日々を、静かに振り返っています。私が膝を痛めなかったら妻と2人での挑戦もなかったでしょう。

最後に一言申し上げます。私たち夫婦が走る目的は、健康で長生きするためです。ただ、この一言です。どんなに裕福であっても、病弱では仕方ありません。友人が『阿南君あんまり無理はしなさんなよ』とよく言います。私は『一〇〇歳まで元気に生きるために走っていますよ』と心の中で答えています」

この時のギネス認定記録は、夫婦合計年齢161歳と82日、7時間36分23秒ということだった。それから7年後、ギネスへの新たな挑戦の記録が、第2の冊子に書かれていた。

「(2015年2月22日)午前9時10分、スタートの合図はあったが何時もの如く中々動かない。それでも2分程で徐々に動き出した。程なくスタート線を越えた。計画では7分かゝる予定が丁度3分でスタート線を越える事が出来た。

私、阿南重継90歳、隣に3女中武靖子54歳、其の隣に靖子の長男中武優28歳、其の後ろに優の妻の智愛さんが続く、横一線に並んでのスタートである。私の左横にサポーターの富永さん、私の前には60歳代のカメラマン、其の前には、やはり60歳代の男性がカメラマンの守り役で走る。私の後ろには伝達役の男性と、もう1人の女性が並ぶ、総勢8名が私に合わせて一塊になって動いて行く。

9時10分にスタートして、実に6時間42分28秒(ネットタイム)、自分との戦いに勝ってやっとゴール・イン。計画よりも3分も早かったのだ。

私が走り初めたのは46歳の秋である。以来44年間、村、郡、県体や各種駅伝大会、並びに10㎞、20㎞の各大会を合わせると実に380有余の大会に出場。走った距離は8万6000㎞余りであるがフルマラソンは61歳のとき、ハワイのホノルルマラソンが初めてであり、其の間、阿蘇カルデラ50㎞を6回走り、4回完走を果たし、フルマラソンの完走は、今度の東京マラソンでわずか44回目である。

今回東京マラソンで、ゴール・インしてから私共3名は、寒い中、借りたガウンを着て、特設の壇上に上がり、テレビ局の取材を受けた。タレントの柴田リエさんや増田明美さんや司会者がいろいろと質問。応答のあと、司会者から『来年もどうぞ』と言われると、私は、今まで、どこでの質問にも、来年のことを言うと鬼が笑いますよと、即答を保留してきましたが、今回は『いいえそれはありません。今日は東京都知事様からフルマラソンの卒業証書をいただいて帰りたい』と、明言した。

それでも、今後の計画については、第1回から第42回まで無欠席の天草パールライン大会には、杖をついてでもあと8回、50回記念大会まではぜひ出場したい。その時私は98歳ですが。なお90歳になった今年は、日本マスターズの1万mに出場をし、日本記録、1時間46分の記録更新を目指しますと意気込みをお話した。

その席で、3世代ギネスの認定証をいただいた。3世代ギネス認定万歳を心の中で声高らかに三唱した。私にとっては、二回目のギネス認定である」

私たちは物静かな老夫婦の熱い思いに触れるとともに、別表に見られるように、自身の持ち山を愛し、子や孫を思うランナーの人生に共鳴した。

阿南重継さん（95歳）

職歴　1963年　38歳の時、波野村役場に就職　1985年　定年退職

退職後　波野村農協監事２期６年　阿蘇東部森組理事１期３年　阿蘇郡森組理事１期３年　波野村老人クラブ連合会長７年　阿蘇市老人クラブ連合会副会長１期２年　同会長１期２年を歴任

食習慣　朝食前に牛乳コップ１杯　毎食　米、魚　牛肉は２、３日毎

生活習慣　起床　午前４時30分　新聞購読　１時間　朝食　６時～６時30分。練習スタート　７時30分　11時頃まで　15㎞～24㎞　３日に１回。走らない日は山の下刈り、畑仕事、午後は読書。午後５時入浴　６時夕食　７時就寝

趣味　(1) 山林育成。分家したとき50アールの（30年生杉）をもらい、翌年さらに30アールの原野に植林、40歳までに計４・３ヘクタールの山林を造成。

(2) 読書。どんなに体がきつくても本を読まずにはいられない。市の図書館にも頻繁に通っている。

(3) 囲碁。囲碁歴は40年、だが実力は初段にもなれず２級。**社会的関心**　九条の会会員

マラソンのきっかけ　1971年度（46歳のとき）当時の波野村一周駅伝大会が開催され、チームの中に40歳以上が１人いることになり肩をたたかれた。コース中2,100ｍの山越えの区間を８チーム中３番目の成績６分10秒で走って敢闘賞に輝き、走ることの面白さが分かった。

初心者への助言　フルマラソンの場合、最初は飛ばしすぎをしないように。

自分を幸福と思いますか

私の小学校同級生（男子）は13名ですが、すでに10名が天国に旅立っております。90歳過ぎてこの健康、これに勝る幸福はないと思う。まさに世界一の幸福者と自負。

阿南重継・ミヨ子夫妻（右側の２人）とともに。2015年10月28日。熊本県阿蘇市のご自宅で。筆者（中央）、左端は私の義妹と長女。

地域に根差したマラソン人生

鈴木金作さん（94歳）

２０１６年10月31日、長女と共に愛媛県新居浜市の新居浜協立病院に行き、ここで体操教室を開いている鈴木金作さんに会い、話をうかがった。鈴木さんの地域に根差したマラソン人生は「私のマラソン人生」（『愛媛民報』２０１６年5月～7月）に活写されており、その主要な部分を以下に要約したい。

「健康で60歳定年退職を迎えたことは、私にとって新しい人生の出発点になりました。この頃、日本生協連医療部会（現日本医療福祉生協連合会）が多摩川河川敷で毎年『全国協健康ジョギング大会』を開いていました。かねてから走りたいと思っていたので、『退職記念』の妻との旅行を兼ねて第3回大会（１９８６年）に参加することにしました。

ジョギング大会は20㎞コースでしたが、私にとっては初めての大会でもあり、緊張はしたものの、日頃の『走り込み』もあり、1時間52分で完走しました。

妻がゴール付近で、持参した梅干しを持って私を待っていました。その時の梅干しのおいしさは格別で、いまでも思い出します。この時61歳。この大会がその後の私のマラソン人生への門出となりました。

（それから2年後に）友人に誘われて、第9回瀬戸内タートルハーフマラソンに参加しました。起伏の激しいコースでしたが、1時間50分で完走。日頃の運動の効果もあり、61歳の2年前のジョギング大会時より『進化』していることを感じ、フルマラソンに挑戦してみようとの気持ちが起こりました。

トレーニングの水準を上げ、翌年64歳で初めて第10回瀬戸内タートルフルマラソンに挑戦。制限時間5時間のところを4時間15分で完走しました。これで自信を得、トレーニングを積み重ねて、その後5回参加しましたが、時間内にすべて完走することができました。

このほか60歳代に走ったフルマラソンは、世界ベテランズ宮崎大会。ハーフでは、野村町朝霧湖1周マラソン。四国カルスト高原マラソン（20㎞）、瀬戸大橋開通記念の健康マラソン（16㎞）、生名島1周マラソン（10㎞）などで、走る楽しさと健康のありがたさを実感した10年でした。

1995年、70歳になり購読しているランニングの月刊誌『ランナーズ』で四万十川ウルトラマラソン（100㎞と60㎞）の募集記事を見て、思い切って60㎞の未知の世界に挑戦することにしました。

日が暮れて自動車のヘッドライトで照らされている山道を懸命に走り、ゴール地点で焚《た》かれている松明《たいまつ》と大勢の地元の子どもも含めた住民の声援に励まされ、8時間57分で完走することができました。

ところが、疲れて晩ご飯が進まず、四万十川の鰻《うなぎ》が食べられず残念な思いをしました。後日70歳以上で2位の表彰カップが送られてきたことでうれしくなり、また走ってみようとの思いが強まりました。

（そこで1997年）再び四万十川60㎞に挑戦。日頃のトレーニングの成果が出て、2年前に走った記録より1時間以上早く7時間31分で明るいうちに完走できました。晩ご飯もおいしくいただきました。70歳以上の参加者の1位を記した賞品カップが送られてきました。

（ところが）77歳の99年5月に崖から落ちて第3腰椎圧迫骨折で入院。ギブスで固定され、1カ月でコルセットに変更されましたが、1カ月間は屈伸禁止の診断を受けて退院しました。

1カ月のコルセット固定が解け、2000年の国際高齢者年の記念行事を実行委員の一員としての役割を果たしながら、2000年3月からジョギングを再開しました。体調が元に戻る中で01年、02年と小豆島のハーフマラソンを走りました。

さらに、今年（2016年、90歳）の1月10日に開かれた鹿児島県指宿市の『いぶすき菜の花マラソン大会』（日本陸連公認コース）に私が参加するということで、私が体操指導している地域の女性の方々が激励会を開き、誕生会の記念写真に添えた激励の寄せ書きと千羽鶴を贈っていただきました。この励ましに感動しつつ、『みなさんの期待に応えて完走します』とお礼の決意を述べました。

今年1月10日、マラソン大会当日は、曇りで気温13度。絶好のマラソン日和でした。参加者は1万7526人。大会は制限時間を設けており、30km地点の関門がスタート時間から計って6時間、35km地点が7時間です。私は『余裕』をもって関門を通過し、8時間4分42秒（ネットタイムは8時間以内）で完走しました。70歳以上で251人中194位でした」

鈴木さんは「えひめ高齢者体操指導者養成セミナー」の2003年度の講習会に参加し

て初級指導員になり、以後、地域や介護施設の要望を受け、ボランティアで体操指導をしている。90歳を超えて地域に根差した活動を続け、なお100歳を目指す鈴木さんの熱意に私たちは激まされた。

鈴木金作さん（94歳）

学歴　旧制中学中退・陸軍特別幹部候補生
食習慣　なんでも食べるがアルコール類は飲まない。間食はなし
生活習慣　早寝早起き・体操インストラクター
社会的関心　スポーツ　**生活信条**　継続は力なり
子供の頃の健康　健康優良児
マラソンのきっかけ　メタボ解消→健康づくり
練習　ＡＤＬ（日常生活動作）型体操（特に呼吸と筋トレ）
初心者への助言　若い時から健康づくりを（できればマラソンを）
願望　100歳を越えて長生き（健康で）
自分を幸福だと思いますか　はい

鈴木金作氏（左）と筆者。新居浜市の新居浜協立病院で2016年10月31日

走れる幸せに感謝

吉田隆一さん（91歳）

月刊『ランナーズ』２０１５年7月号付録の85歳の部に記載されていた吉田隆一さんを、翌16年11月16日、長女と共にJR金沢駅近くのご自宅に訪ね、話をうかがった。すると吉田さんは何と全国健称マラソン会（ZKM）の現会長だった。ZKMの拠点は関西だが、石川県支部は会員70名を超え、支部としての会員数は全国2位だ。

吉田さんが入会した当時、ZKM石川支部の会員は10名ほどだった。どうしたら入会者が増えるかと聞くと、「にこにこ笑顔で楽しくしていたら人が自然に入ってくる。笑顔でいるためには感謝の心が大切」との話が印象的だった。市内を流れる犀川《さいかわ》の河川敷を走っていると、新聞などで紹介されている吉田さんに声が掛かるのだ。日々に感謝の念をもってボランティアに努める吉田さんの姿に強い感銘を受けた。奥様の純子さんもまたマラソンランナーだった。

吉田さんはZKMの4代目会長を２００９年から現在まで17年間も勤め、その間に、毎年各地で開催されるZKMマラソン大会を金沢市で2回も開催し、また大きな仕事として、この会のNPO法人化に尽力し、２０１７年3月までに認可される由《よし》。NPO法人になれば会への信頼感はいっそう増す。ZKMへの無私の貢献から、吉田さんの心の中に秘められた走ることへの情熱がひしひしと伝わってきた。ところで東京は、関東支部の名称で会員わずかに2名。吉田さんから誘われ、早速、私と長女2名の入会を約束した。

聞けば初代の小谷静雄会長は創立大会から第10回大会まで大会開催費を自ら負担されたという。小谷会長の「私の言葉」が、「第1、全国民、皆走運動と健康日本の実現。第2、人生は動いて始まり、動かなくなって終わる。第3、あらゆるスポーツは、記録のためのみに行わず、健康のために行う。第4、奇跡を生むものは継続の力である。第5、無理をすることは、自然に反することである」と『熟年の歩み』（ＺＫＭ40周年記念誌）に記載されている。

訪ねた先の吉田さんがＺＫＭの現会長だったため、この会の全体像を知ることができ、明るい展望を抱いて、私たちは帰京できた。この機会に、ＺＫＭ【全国健称マラソン会】《60歳以上のランナーの全国で唯一の組織》を紹介しておこう。

ＺＫＭ【全国健称マラソン会】

この会は全国の男女とも60歳以上のランニング愛好者で構成され、１９７１年4月に発足した。会員は現在６００人を超える。
目的：高齢化社会に対応し、心身共に健全な高齢者層の育成強化に努めると共に、会員相互の親睦を図る。加えて、会員の健康管理が、社会福祉に役立つことを希求する。
行事：①全国各支部持ち回りで、全国健称マラソン大会開催への参加。
競技種目　10㎞コース：60歳代男女・70歳代男子
５㎞コース：60歳代女子・70歳代男女・80歳以上男女

3㎞ジョギングコース：年齢制限なし（タイム申告制）
②各部門の入賞は、1位から6位（1位～3位まで副賞あり）
③完走証の発行。
④海外遠征として毎年、外国で開催されるマラソン大会を選定し、参加している。
（参加した海外マラソンには、ホノルル、ゴールドコースト、ナイアガラ、グアム、北京など）
⑤大会開催前日は、参加者による定期総会と懇親会を行い、全国の会員と親睦を図る。
定期総会では、各種の表彰（参加回数賞・古希賞・傘寿賞・卒寿賞）がある。
組織：①全国の支部は、17府県支部と本部付として支部未結成県の会員がいる。
②60歳未満の男女は、準会員として入会できる。
③入会金、1,000円（会のユニホーム：ランニング又はTシャツを贈る）
年会費は、2,000円（夫婦会員は1人1,500円）。
その他：①年1回会報を発行し、大会記録や各支部の消息と文芸作品を編集。
②ホームページも開設している。（URL:https://sites.google.com/site/zkmhonbu/）
③入会手続きはホームページからでも出来るので利用されたい。
④皆さんのご意見等あればホームページでご自由に。
現連絡先：〒594-0004大阪府和泉市王子町668-19　中川司理事長事務所
電話0725-41-8984
（注）この後紹介する出島義男氏（京都）と永田光司氏（兵庫）もZKMの会員だ。

吉田隆一さん（91歳）

職歴　NTT40年勤続、1986年3月退職（57歳）
食習慣　3食完食、黒酢（朝、晩）アルコールなし
生活習慣　特になし、就寝前の読書、日記
趣味　テニス、ゴルフ、ジョキング
社会的関心　（1）ボランティア活動（毎日）
（2）県央土木巡視員（犀川の巡視、継続15年）
信条　無事是好日
マラソン経歴　小学生から
マラソンのきっかけ　健康のため
練習　以前は毎日、現在、体調の良いとき
願望　健康寿命維持
初心者への助言　体調に合わせて走ること
自分を幸福だと思いますか　思う、感謝の毎日
その他の意見　ボランティアをさせて頂けることに感謝の心を忘れない事

吉田隆一氏（左）とともに。金沢市のご自宅で。2016年11月16日

マラソン人生　いろは歌

出島義男さん（98歳）

2017年7月13日、私と長女は京都府城陽市に在住の出島義男さん宅にうかがった。お宅では、同じくランナーである奥様の永さんに迎えられた。出島さんは57歳の時、前妻を亡くし、「悲しくて泣いてばかりいたんです。そしたら戦友の奥さんから、悲しみを歌にしたらと言われ、元気になるためには、体も鍛えなあかんと思い、マラソンと併せて俳句と詩吟をやることにしたんです」とのことで、詩吟師範の喉で朗詠を聴かせてもらった。

戦中から戦後の波乱に満ちた出島さんの人生と、とくに西式健康法を実践し、水を飲み、冷水を浴び、板に寝て、玄米を食べるというストイックな暮らしの話は興味深かった。

出島さんは2007年10月28日に86歳で米国のナイアガラハーフマラソンに挑戦した。タイムは3時間53分11秒、男子696位、オールランナーの1513位だった。当日は天気快晴、朝は気温3度。20年前に奈良市制90周年記念のハーフマラソンに参加して以来、自信はないが、制限時間なしにつられて、約4時間かかるつもりで走り出したが、4マイル（約6・4㎞）付近でウオーキングの人にも抜かれ始める。

1マイル（約1・6㎞）ごとの歓迎、給水に諸手《もろて》を挙げて応えていたが、8～10マイル（約12・8㎞～約16㎞）まで来ると精魂も尽き、脚が引きつり一歩も進めなくなり、ベンチに腰かけ、両脚をマッサージ。20分も休憩したろうか。やっとアメリカ滝にたどりつく。

見事な虹が立っていた。

２００９年1月17日には88歳でサイパンマラソンの10㎞に出場。最高齢ランナーとして完走、タイムは1時間37分41秒だったという。

お話の最後に、記憶力抜群の出島さんから、左記の『ジョガーに捧げるいろは歌』を教えてもらった。歌の作者はＺＫＭ兵庫支部の厚朴友蔵さん。生まれは１９０６年2月2日、２００６年現在、満１００歳。ＺＫＭ発足時からの会員で、住まいは兵庫県明石市、印刷業を営んでいるとのこと。この「いろは歌」は出島さんが入会したころの会報に載っていた。謳《うた》い文句が面白く、七・七調で歌いやすく、それに含蓄があり、直ぐ好きになって、ジョギングの度に口ずさみ、すっかり覚えてしまった、とのこと。そして「ＺＫＭには偉い先輩がいるものだ」と出島さんは語った。

ジョガーに捧げるいろは歌

い、一度決めたら挫《くじけ》ちゃならぬ
ろ、老若男女　手をとりあって
は、走って鍛えて　健康守れ
に、忍耐一途に　続けたならば
ほ、外の何より　効果《ききめ》があるよ
へ、下手な医者より　余っ程ましだ
と、年齢《とし》は云うまい　皆友達だ
ち、知恵優れても　丈夫《たっしゃ》でなけりゃ
り、理屈ばかりで　実が伴わぬ
ぬ、温《ぬく》い友情で　励まし合えば
る、類は友呼ぶ　仲間も増えて
を、自《おの》ずと練習　楽しくなるよ

わ、若いからとて　油断をするな
よ、夜は十分休養とろう
れ、礼儀失すりゃ　仲間も去って
つ、辛いからとて　止めるでないぞ
な、長い目で見て　のんびりやろう
む、無理は禁物　適度にやれば
ゐ、命は一つ　掛け替えないよ
お、老いの早さを　体で感じ
や、やれる間に　やるだけやろう
け、怪我と病気は鬼よりこわい
こ、功をあせるな　短気は損気
て、敵を作らぬ　恩情持って
さ、先の仕合わせ求めるならば
ゆ、揺るがぬ決意で初志貫こう
み、みんなが互いに胸襟ひらき
ゑ、笑顔忘れぬゆとりをもって
も、燃える闘志を抑えて走れ
す、末は鶴亀万々歳だ

か、必ず因果は巡ってくるよ
た、溜まった疲労《つかれ》を残さぬように
そ、殺《そ》がれる意欲が練習阻む
ね、粘り強さが　勝利を招く
ら、楽な気持ちを　忘れぬように
う、うちに生気が満ち満ちて来る
の、伸ばす手だては　運動　食事
く、悔やんで見ても　もう遅すぎる
ま、前向き姿勢が　何より大事
ふ、不注意不養生が　わざわい招く
え、永続こそが　効果のきめて
あ、明るい人生　開けてくるよ
き、きめの細かい計画立てて
め、明治、大正、昭和の時代
し、確《しっ》かと掴もう　和のよろこびを
ひ、他人《ひと》の前でも気負わぬように
せ、世界がこの輪に結ばれたらば
ん、運も努力に味方をするよ

出島義男さん（98 歳）

学歴　旧制中学卒業
兵歴　陸軍衛生軍曹
職歴　放射線技師
食習慣　玄米食　水をＩ日２リットル飲む（湯冷ましでは金魚も死ぬ）
生活習慣　　西式医学を信奉　水風呂で皮膚を鍛える
趣味　俳句同人　詩吟師範
子供のころの健康　至って虚弱
兵隊検査　　第３乙種（丙種＝病人の一歩手前、当時体重 43kg）
間食　ときどき
初心者への助言　①感心する　②感動する　③感謝する
自分を幸福だと思いますか　思う

出島義男氏（右）
とともに。京都府
城陽市のご自宅で。
2017 年 7 月 13 日

７００回を超える大会出場

永田光司さん（99歳）

出島義男さんと別れた後、私たちはＪＲを乗り継ぎ、福知山線の三田駅で、永田光司さんの出迎えを受けた。そして近くの広い食堂に入り、永田さんの走歴一覧表を受け取った。60歳から35年間７００回を超えるマラソン大会出場の一覧表はＡ４判19枚に及ぶ圧倒的なボリューム。そのリストを見て、二の句が継げなかった。

走歴一覧表をすべて掲載すると膨大な量になるため、リストのトップ１９８１年の60歳から２０１０年の89歳までの走歴を止むを得ず割愛。90歳になった11年から98歳にあたる19年までの走歴を一覧表として掲載することにした。60歳の時は年に16回、５㎞を24～25分で走っていたのが、89歳では年に17回、５㎞が32～38分になっている。フルマラソンの出場は75歳のとき、ボストンマラソンを5時間6分で走ったのが最後となった。

永田さんを訪ねてから約4カ月後、現在の心境を綴った書状が送られてきた。目標は７５０回完走したいと書かれ、「人生少しでも動ける間は走り続けたい、すべてを忘れ去り走りたい、他人と比較しないで野蛮に走りたいと思います」と締めくくられていた。

走るということはどういうことなのか。先輩ランナーの文面から改めて考えさせられた。現在の心境をコンパクトに記した詩文に、「人の世の義務を果たして九十六」「すべてを忘れ去り走りたい」の心情は、義務を果たして後顧の憂いのないことを示している。日中戦争時に陸軍将校として中国河北省保定に駐留したのを機縁に、戦後、日中友好の活動に努めているのも、戦前における日本軍の侵略に対する償いと東北アジアの平和への思いがあるからだろうと思われる。深い意味を持つ次の文面を、皆さんにお届けしたい。

書状〈2017年8月10日付〉

35年間で700回以上、目標は750回完走したいと思っています。

最初の頃は全然考えてもいなかったことです。お会いしたとき申し上げました通り、走るということは、こんなに楽しいことかと、自然に走ることが生活の一部となり、好きでたまらなくなりました。走歴に記されている通り、70～73歳くらいが私の絶頂期でした。年齢を加えるごとに、好タイムはもう中毒状態になってきましたね。

私の場合、途中で走ることが嫌になったことがなかった。走りすぎて怪我もなかったことなどが幸いしました。人生は走ることと見つけたり、1年に大会を60回走った人の話も聞きました。幸い無精者の私でも、走ることの記録だけは残していましたので、700回という数字が生まれてきたわけです。35年間はあっという間でした。

最初から記録挑戦というような計画など毛頭ありませんでした。今日まで病気一つせず家族の理解があって初めて今日の自分があると改めて感謝しています。乱筆御免。

小生の現在の心境

人の世の義務を果たして
九十六
振り返る来し方感無量なり
分に応じて喜怒哀楽有り
老境不安なき日常
身の程の趣味行動を成す
敬老有難く別れの刻を待つ

人生少しでも動ける間は走り続けたい。すべてを忘れ去り走りたい。他人と比較しないで野蛮に走りたいと思っています。

永田さんの心情が胸に迫ってくる。

他のランナーの皆さんの走歴もいただいたが紙幅の関係で省

永田光司さん（98 歳）

学歴　大倉高等商業学校　1941 年 12 月卒
兵歴　中国の北部、中部を転戦
職歴　丸紅岸本商店の子会社　取締役
食習慣　朝食　納豆、丸干し、卵　　昼食　麺類　　夕食　野菜、魚、酒 1.5 合
生活習慣　午前 6 時頃起床　午後 10 時頃就寝　1 時間読書
子どものころの健康　山登り、健脚だった
兵隊検査　甲種合格
練習　週 2 回 5 ～ 8km マラソン
願望　日中友好　日中友好保定会事務局員　日中友好保定連合会訪中団長（1991 年）
初心者への助言　健康だから走れる　好きだから走れる　好きでないとだめ。こんな良いものはない。タイムは関係ない。
その他の意見　マラソン大会参加費 2500 ～ 3000 円程度は、参加賞の T シャツ、タオル、お酒などでたっぷり賄える。家のこと何もしない。走ることだけ。病院に行かぬ、薬も飲まぬで妻を納得させる。

永田光司氏（左）とともに。
JR 福知山線三田駅近くの食堂で。2017 年 7 月 13 日

略し、七人中最高齢で、なお走り続ける永田さんに敬意を表し、その走歴（90歳以降のみ）を掲載することとしたい。

走歴（90歳から98歳まで）

出場回数	マラソン大会名	開催日	種目	タイム
2011年（90歳）				
637	第21回神戸シティー	1月30日	5km	32:36
638	第25回猪名川彫刻の道	2月20日	5km	36:14
639	はるな梅	3月13日	5km	東日本大震災で中止
640	ZKM全国滋賀大会	3月14日	5km	31:43
641	第31回若狭	4月17日	5km	33:49
642	第24回丹波市三ツ塚	5月8日	5km	36:32
643	能登島ロード	7月3日	10km	1:25:29
644	第32回神鍋高原	8月28日	5km	36:35
645	第6回鈴鹿山麓	10月16日	10km	1:18:25
646	第30回川西一庫ダム	11月20日	5km	35:41
647	伊賀上野シティー	11月27日	5km	34:08
2012年（91歳）				
648	第38回武庫川新春	1月8日	5km	34:43
649	第22回六甲シティー	1月29日	5km	33:56
650	第39回猪名川彫刻の道	2月19日	5km	35:27
651	第21回はるな梅	3月11日	5km	35:44
652	第34回京都ロードレース	3月18日	5km	35:12
653	ZKM全国大阪大会	4月19日	5km	35:42

654	能登島ロード	7月1日	10km	1:19:22
655	兵庫神鍋高原	8月26日	5km	38:36
656	第14回山村ダイコン	9月16日	5km	37:32
657	第7回鈴鹿山麓かみしか	10月14日	5km	37:54
658	第3回甲州フルーツ	10月21日	10km	1:24:40
659	第35回丹波もみじの里	11月4日	5km	35:08
660	伊賀上野シティー	11月25日	5km	35:15
661	宝塚ハーフ	12月24日	10・8km	1:35:07
2013年（92歳）				
662	第39回新春武庫川	1月13日	5km	38:08
663	第30回京都木津川	2月3日	5km	38:58
664	第40回猪名川彫刻の道	2月10日	5km	41:54
665	第58回河内長野シティー	2月17日	5km	38:07
666	第26回浜坂きりんじし	5月26日	5km	39:25
667	第8回鈴鹿山麓	10月20日	5km	39:20
668	伊賀上野シティー	11月24日	5km	37:43
2014年（93歳）				
669	第40回新春武庫川	1月12日	3km	24:05
670	第59回河内長野シティー	2月16日	5km	40:20
671	琵琶湖レイクサイト	2月23日	12km	1:35:50
672	第15回高槻クロスカントリー	3月9日	5km	42:47
673	第36回京都ロード	3月16日	5km	36:07
674	ZKM全国岡山大会	4月14日	5km	34:04
675	浜坂きりんじし	5月25日	5km	37:55
676	勝山恐竜クロカン	6月8日	5km	42:02
677	第34回神鍋高原	6月22日	5km	36:41
678	能登島ロード	7月6日	10km	1:26:18

679　ねんりんピック栃木大会　10月5日　3km　23:28
680　第30回淡路一宮　10月19日　5km　37:28
681　第25回伊賀上野シティー　11月30日　5km　37:25
682　安芸タートル　12月14日　5km　40:21

2015年（94歳）

683　第41回新春武庫川　1月11日　10km　1:19:51
684　第25回久御山　1月25日　5km　38:29
685　猪名川彫刻の道　2月8日　5km　39:18
686　第60回河内長野シティー　2月15日　5km　40:10
687　第16回高槻クロスカントリー　3月8日　5km　43:25
688　第37回京都ロード　3月15日　5km　37:57
689　ZKM全国石川大会　4月15日　5km　38:08
690　第28回浜坂きりんじし　5月24日　5km　7:37
691　第30回兵庫たたらぎ湖　6月7日　5km　42:05
692　第35回神鍋高原　6月21日　5km　38:57
693　第18回能登島ロード　7月5日　10km　1:24:03
694　第10回鈴鹿山麓　10月18日　10km　1:27:49
695　第29回鳥取らっきょ　10月25日　5km　40:32
696　第11回なかうみ　11月1日　5km　39:44
697　第26回伊賀上野シティー　11月29日　5km　37:45

2016年（95歳）

698　第26回久御山　1月31日　5km　39:11
699　猪名川彫刻の道　2月14日　5km　43:09
700　第61回河内長野シティー　2月21日　5km　42:08
701　第17回高槻クロスカントリ　3月13日　5km　45:08
702　ZKM全国静岡大会　4月20日　5km　41:31
703　那須塩原ゆけむり　4月29日　5km　39:34

704	第29回浜坂きりんじし	5月22日	5km	39:41
705	第12回勝山恐竜	6月12日	5km	46:12
706	第36回神鍋高原	6月19日	5km	39:46
707	ZKM近畿大会	9月11日	5km	46:03
708	ねんりんピック諫早	10月14日	3km	25:06
709	京都丹波ロードレース	11月3日	5km	39:53
710	第39回青垣もみじの里	11月6日	5km	41:05
711	第27回伊賀上野シティー	11月27日	5km	42:44
712	第2回京都亀岡ハーフ	12月11日	5km	40:09
2017年（96歳）				
713	新春武庫川ロード	1月8日	3km	24:27
714	京都くみやま	1月29日	5km	44:35
715	猪名川彫刻の道（永久招待選手）	2月12日	5km	43:28
716	第39回京都ロードレース	3月19日	5km	42:51
717	ZKM全国奈良大会	4月9日	5km	42:08
718	第34回黒部名水	6月4日	5km	42:25
719	13回福井勝山恐竜クロスカントリー	6月11日	5km	48:35
720	神鍋高原	6月18日	5km	43:16
721	青森弘前アップルマラソン	10月1日	5km	43:38
722	鳥取らっきょう花マラソン	10月29日	5km	47:40
723	丹波青垣もみじマラソン	11月5日	5km	47:40
724	伊賀上野シティーマラソン	11月26日	5km	43:45
725	京都亀岡ハーフマラソン	12月10日	5km	42:45
2018年（97歳）				
726	28回くみやまマラソン	1月28日	5km	49:08
727	猪名川彫刻の道マラソン	2月11日	3km	29:57
728	27回はるな梅マラソン	3月11日	5km	54:43

７２９	40回京都ロードレース	3月18日	5km	50:08
７３０	ＺＫＭ京都大会	3月14日	5km	46:16
７３１	41回塩原ゆけむりマラソン	5月13日	5km	44:21
７３２	31回浜崎キリンジシマラソン	5月27日	5km	45:28
７３３	38回神鍋山高原マラソン	6月17日	5km	46:49
７３４	32回鳥取砂丘花らっきよマラソン	10月28日	5km	49:58
７３５	41回青垣丹波もみじマラソン	11月4日	5km	48:28
７３６	伊賀上野シティーマラソン	11月25日	5km	46:18
７３７	4回京都亀岡マラソン	12月9日	5km	47:13
２０１９年（98歳）				
７３８	武庫川新春ロードレース	1月13日	3km	27:34
７３９	29回くみやまマラソン	1月27日	5km	45:46
７４０	京都ロードレース	3月17日	5km	47:47
７４１	ＺＫＭ広島大会	4月18日	5km	51:32
７４２	丹波三塚マラソン	5月12日	3km	29:17
７４３	42回塩原ゆけむりマラソン	5月19日	5km	48:22
７４４	32回浜坂キリンジシマラソン	5月26日	5km	53:04
７４５	39回神鍋高原マラソン	6月16日	5km	48:30
７４６	鳥取砂丘らっきょ花マラソン	10月27日	5km	56:26
７４７	丹波青垣もみじマラソン	11月10日	5km	51:27
７４８	伊賀上野シティマラソン	11月24日	5km	57:40
７４９	45回安藝タートルマラソン	12月8日	5km	54:00

走行累計　7、859・742km

※北海道から沖縄までの距離が約２５００km。永田さんは日本縦断を３回以上重ねたことになる。

ホノルルマラソン〝炎のランナー〟

塩田富治さん（93歳）

2017年9月25日、私と長女はJR旭川駅近くのホテルで塩田富治さんに対面。ホテルの喫茶室で話をうかがった。袖《そで》振り合うも多生の縁とか、その前年12月に行われた第44回ホノルルマラソンの90～94歳の年代別部門で塩田さんは1位、私が2位で入賞した。そのことをインターネットの「ホノルルマラソン入賞者リスト」で知り、1位の塩田さんに直接会ってみたいと思っていた。もっとも1位のゴールは8時間47秒と速く、2位の私は11時間2分7秒もかかってしまった。

塩田さんから『北海道経済』（2017年4月号）を頂いた。この月刊誌にはホノルルマラソンにおける塩田さん出場の経緯が描かれている。

その記事を参考にして塩田さんの横顔を紹介したい。

現在、「旭川走ろう会」の顧問を務める塩田さんは美幌町出身。元々スキーが好きで、小学生の時には学校まで片道約4㎞の道のりを冬は毎日スキー通学した。クロスカントリーでは、全日本スキー選手権大会で2位、国体の壮年組で優勝5回という輝かしい実績を持つ。

そんな塩田さんは1942年に国鉄に就職した。45年4月に徴兵され、8月の敗戦で復員すると、戦後の荒廃した地域を復興するのに何かできないかと思案。そこで美幌町の青年団と一緒に始めたのが陸上競技だった。町内の大会では陸上だけでなくスキー大会も開催し、町を活気づけた。自身は、52年に東京・代々木で開かれた全国青年大会に北海道代表として出場し、陸上1万mの部で優勝を果たしている。

53年に旭川駅に赴任。仕事の傍ら5000m競技をはじめ、駅伝のメンバーとして道内外の大会に参加。長距離競技の有力選手として鳴らしてきたが、フルマラソンへの出場機会はなかった。次第に、ぜひ走ってみたい、外国の地も踏んでみたいとの気持ちが芽生え、意を決して1990年に初挑戦したのがホノルルマラソンだった。

当時64歳。走ろう会の5人のメンバーで、とにかく4時間を切りたい、と夢中で走った。結果は4時間5分23秒。惜しくも目標を達成することはできなかった。そればかりか前の選手の背中ばかり見て走ったので、ハワイの景色を見る余裕もなかった。

その反省からか、2回目の出場（92年）の際には「ハワイを楽しもう」と、会のメンバー18人とリゾートマラソンならではの魅力を満喫した。ダイヤモンドヘッドを過ぎた下り坂では、一面の海原から、真っ赤な太陽が昇ってくる様子を目の当たりにして感動した。

3回目のホノルルは97年。4回目（2002年）は4時間56分49秒で完走し、目標にしていた5時間を切った。

5回目の出場は06年、ちょうど80歳のとき。とにかく完走することを目標に、自分としての記録が残せるようにと走った。途中まで50代の外国人女性についていくことに躍起になったが、終盤の残り2㎞地点付近から、その女性を追い抜き、先にフィニッシュ。並走してきた相手だったので、お互いゴールした後「サンキュー」と称え合った。

さらに5年後に出場した11年大会では、さすがに体の衰えを実感。これまで歩いたことは一度もなかったが、歩きも入ってきた。このときは家族も一緒に走った。娘の裕美さんと真由美さんに加え、真由美さんの夫と子ども3人（大学生2人と社会人1人）も。応援のつもりで行った真由美さんの夫は走るつもりはなかったが、「子どもも走るんなら、俺《おれ》も走るしかない」と現地で靴を調達して急きょ参加した。

86歳で臨んだ12年大会では85～89歳の部で優勝を狙ったものの、惜しくも2位。強い人がいるんだなと痛感したが、それでも日本人の中ではトップの成績だった。タイムは6時間25分59秒。

そして16年、90歳を迎えた年には、わが人生、最後のマラソンのつもりで出場した。大会当日の12月11日、午前3時に起床して走る準備をし、アラモアナ公園のスタート地点に着いた。実際に並ぶ位置は、スタートラインから300m以上も下がったところ。同5時にスタートの合図の花火が上がってからスタートラインに到着するまで8～9分ほどかかる。スタートラインを過ぎたあたりから、ようやくジョギングができるくらいになる。ダイヤモンドヘッド付近を走っていると、早くも折り返してきたトップランナーのローレンス・チェロ選手（ケニア）とすれ違った。

朝食も十分に摂らない状態で出場したため10㎞地点ぐらいから、おなかがペコペコになった。そこでリフレッシュメントで補充しようとしたものの、ペースが遅いから、すでに品切れ状態。コース上に正式に用意されたマラサダ（ハワイの定番おやつ）やバナナにはありつけなかった。

20㎞、30㎞を過ぎ、最後は渾身《こんしん》の思いでゴール。タイムは8時間47秒。90～94歳の部で優勝だった。90歳になってもホノルルマラソンの完走にこだわるその精神力。まさに〝炎のランナー〟と言うに相応しい。

が、惜しくも今年の2月28日に肺炎で亡くなられた。ご家族からは本の刊行を楽しみにしていたとの便りが届いた。ご冥福をお祈りする。

塩田富治さん（93歳）

学歴　北海道見幌高等学校卒業
兵歴　陸軍暁第6179部隊
職歴　国鉄職員
食習慣　朝食　米飯、みそ汁　　昼食　牛乳、食パン、チーズ、野菜　夕食　米飯、みそ汁、おかず（魚肉等）
生活習慣　就寝　午後10時　起床　午前6時　朝トレ（体操、ランニング）約1時間
社会的関心　旭川スキー連盟　理事　理事長　副会長を経て、現在参与。北海道スキー連盟参与。旭川走ろう会顧問。旭川ユネスコ協会参与。
その他の意見　20歳代の青年期はオリンピック参加を目指したが夢かなわず。壮年期から健康管理のためマラソン、スキー、登山に情熱を注ぎ、人生の楽しさを感じている。毎日快適な汗を流して、人生100歳を迎えたいと思っている。世の中のすべてに感謝の念を忘れず一歩ずつ人生を刻んで参りたい。世界の人々の幸せと世界の平和を祈念している。

塩田富治氏（左）とともに。筆者は（右）。旭川市内のホテルの食堂で。2017年9月25日

あとがきに代えて 〜96歳・がんを克服し歩行も再開

最高齢マラソンランナーってどんな人なんだろう？　その思いに駆られて、２０１５年10月に阿南重継さんを熊本県阿蘇市に訪ねて以降、九州から北海道まで7人の最高齢マラソンランナーを訪ね、２０１９年5月に取材をまとめるまで、満4年近くかかり、この度、私の半生と合わせて一冊の本にまとめることができた。

実際に訪ねてみると、全最高齢ランナーが無病息災ではなく、膝が痛んでリハビリをしている人、血圧が高くて投薬を受けている人などもいたが、まずまずは症状も軽くお元気だった。マラソンランナーの言動には嘘がなく、生活は質素で、皆さん人生を十二分に楽しんでいた。

取材をお願いして、辞退された方もあったから、最高齢マラソンランナーを完全に網羅したとは言えない。２０１９年4月の全国健称マラソン会広島大会に参加してみると、吉村芳子さんという１０１歳のマラソンランナーが広島県に健在という。まだ埋もれた人材がいるかも知れない。本書がその発掘の手引きとなれば、著者として望外の喜びである。

本書のまとめをしているときに気づいたことがある。最高齢マラソンランナーのほとんどが60歳前後からマラソン人生を開始していることだ。下記の氏名一覧表を見てほしい。

氏名　　　年齢：2018年11月22日現在　（マラソン開始年齢）
永田光司98歳（60歳）　出島義男97歳（61歳）　福田玲三94歳（58歳）、
阿南重継94歳（46歳）　鈴木金作93歳（61歳）　塩田富治92歳（64歳）、
吉田隆一90歳（57歳）　中野陽子83歳（71歳）。

中野陽子さんに至っては70歳を超えてマラソンを開始し、年令別世界記録を樹立している。何歳になっても走り始めることができる。高齢から始めた人の方が長続きしているようだ。無理をせず、段々と慣らして下さい。思いついたが吉日、今から始めて下さい。朝か夕、時間を決めるのが一番よいようです。

私の場合、ちょうど10年前、妻の淑子がくも膜下出血で急逝。止むなく始めた料理も、人のために作るのではなく、自分一人のためだから、体裁は構わず、あれこれ知恵を絞り、経験を重ねて、次々に新たな発見があった。

実は、若い頃、前途の多難を予期し、生き抜くために一食を抜くという願をかけ、母が亡くなった1968年から実行に移した。そのとき45歳だった。それから50年、朝食抜き、お昼は簡単、夕食だけ十分食べることにし、それを密かな誇りにしていた。

朝は7時から8時半までフランス語の勉強をする。戦前、学徒出陣で動員されフランス語の学習を中断した名残だ。戦地から帰国後、NHKの語学講座などで自習を続け、2002年2月、78歳のとき、朝日新聞社主催の仏語スピーチコンテストで3位に入賞し、副賞としての語学研修1カ月間を、その夏、パリで過ごした。最高齢入賞記録だった由《よし》。

一番好きなのはフランスの作家スタンダールで、『パルムの僧院』『赤と黒』『アンリ・ブリュラール伝』『エゴチスムの回想』などを原書で読んだ。彼の率直さ、誠実さに惹かれた。スタンダールの推奨するラクロの『危険な関係』は3回ほど読んだ。心理小説の白眉だ。またバルザックの『谷間の百合』に魅了され、ボードレール『パリの憂鬱』に心酔し、最近は地味なフローベールの『ボヴァリー夫人』を読了後、同じ彼の小説『感情教育』に、1848年の2月革命の雰囲気を探している。

朝は8時半にスポーツウエアで家を出て、坂上の公園で、ラジオ体操をした後、鉄棒で懸垂する。2つ目の公園ではブランコを囲む鉄柵で腕立て伏せ、3つ目の公園では、丸腰掛けに上り下りする膝の運動、最後にかつて徳富蘇峰が住んでいた現大田区立山王草堂内の東屋の柱にもたれて曲がった腰を伸ばし、住まいに帰ると9時40分だ。ついで、冷水のシャワーを浴び、肩で体を支える逆立ちなどして、11時から日記を付け、「完全護憲の会」の事務をする。

12時に簡単な昼食を済ませ、新聞2紙に目を通し、関心記事を切り貼りする。ついで予定しているエッセイ原稿の執筆。6時前になると、冷水シャワーで身を清めて夕食に備えながら不得意な英語の勉強にかかる。空腹で朝からフラフラしているが、何かに熱中すると飢えを忘れる。空腹は生きる意欲を与え、気持ちを澄まし、万病を予防するように思われるが、まず何よりも食事をおいしくする。

食事の度に必ず生玉葱《たまねぎ》を甘酢につけて食べる。これが眼精疲労を避けるように思われる。

また湯豆腐をぽん酢と刻み葱で食べ、湯豆腐のほのかな甘味に「おいしいなぁ」と独り言をつぶやく。焼酎のお湯割りを、ジャガバタで飲む。自分で漬けたキュウリや大根や人参をお菜に、玄米のご飯を、作り置きのカレーなどと共に、我を忘れて食べると、終日、横目でただ眺めていただけの甘いもので仕上げる。生きるための食事だが、食事のために生きているのかも知れない。このようにして朝食を抜いて数十年を過ごしてきた。

２０１９年4月に行われた全国健称マラソン会広島大会前夜の会食に参加した。演壇で披露される歌や踊りに合わせて、平場の男女の高齢ランナーが皆その場で思い思いの盆踊りを、舞っていた。その姿を見ると、高齢者の至福がここにあると思わずにはいられなかった。

ところが、その年の8月、区の定期健診を受けた際、貧血の進行が認められ、都内大田区の日本赤十字病院で精密検査をすると、思いもよらず胃がんと分かり、ステージⅠ～Ⅱの間と診断された。この告知はショックだった。手術は全身麻酔のため、麻酔中の人工呼吸を手術後の自然呼吸に切り替えできるかどうか、高齢のために心配された。それでもがんを抱えたまま生きたくはなかったので、手術を選択した。同病院に10月23日入院、24日に胃の２／３を切除した。

手術は麻酔のため浅い夢のように終わり、難なくクリア。人工呼吸は自然呼吸に知らぬ間に切り替わっていた。ただ手術後3日間は点滴で、経口の食事がなく、消炎剤を腰に付けていても傷口が痛み、夜は身動き一つできぬまま、砂漠に放置された重傷者の不安に脅えた。この困難な2、3日の間に力尽きて脱落する人もあるかもしれないと思いつつ、３

日目に初めて水を飲み、４日目からは重湯を食べ、少しずつ量を増やしていったが、喉を湯水が越すときにむせ、それが傷に響く。命綱のナースコールを手離して見つからぬときもあり、身体の向きも変えられず、悪寒や微熱に脅えながら、８日目にひどい肩凝りになり、頭を置く位置によって痛みが全身に走ったが、鎮痛剤を処方してもらって助かった。10日目に待望の便通があり、危ない橋をようやく渡り終えた。

室内歩行や飲み込みのリハビリは、手術の翌25日から開始し、予定より早く11月４日に退院した。これはひとえに、日頃の歩行と筋トレのたまものと思う。

手術後は、それまでの朝昼食を控えて空腹に耐え、夕食の喜びのみに備えた食習慣が一変。１／３になった胃をかばうため３度の軽食と３回の間食、つまり午前にバナナ半分、午後にバナナ半分とヤクルト、夜分にヨーグルトを間食とし、毎回とも口中で十分に噛み砕き、胃の負担を軽減して食道に送ることから、食物のおいしさは倍増した。胃がなくなれば食欲が失われることを恐れたが全くの杞憂《きゆう》だった。歩行も再開し、朝の歩行を午後に回して続けている。食欲は旺盛、日に６度の食事を毎回楽しみにしている。

ところでマラソンランナーたちは、一部のエリートを除けば、みんな普通の人だ。だれでも、公道を使って歩き、走り始めることができる。思えば、マラソンは先憂後楽。老後を健やかに過ごすために、いま苦労するのだ。

歩行は、健康に生きるための要だと切に思う。そして歩行を続ける条件として、世界の平和を守りたい。

折しも、今年は戦後75年の節目の年である。戦争を知らない世代が大多数を占めるなか、戦争体験者の一人として「平和だからこそ走れる」ということを改めて力説したい。

最後に、本書が梨の木舎から刊行されるきっかけとなり、出版に先立ち適切な助言をしていただいた元毎日新聞記者の澤田猛さんに、高齢者ランナーのお宅を探す手助けをしていただいた東京新聞の森川清志記者に、また厳しい出版事情の中にあっても、刊行を快く引き受けていただいた梨の木舎の羽田ゆみ子さんに、深く感謝申し上げたい。

福田玲三

２０２０年６月

【主な参考文献・資料】

①参考文献は原則として本文中に引用したものにとどめ、同文献・資料は引用順。
②引用に際しては、原則として原文通りとした。
③同文献・資料の発行年の表記(西暦、元号)は各発行者、出版社の表記に従った。

『中野重治全集第17巻』中野重治著、筑摩書房、1977年
『戦慄の記録　インパール』NHK取材班編、岩波書店、2018年
『ブデンブローク家の人々』トーマス・マン著、岩波文庫、1969年
『山彦』(第23号)、エンダウ第四大隊文化部、昭和22年、自家版
『馬南歌集　残響』土器屋忠二編、クルアン日本軍司令部文化班、昭和22年、自家版
『みちくさ』エンダウ作業隊、昭和22年、自家版
『スマトラ島で敗戦　マレー半島でJSP』拙著、完全護憲の会、2019年
『日本軍の捕虜政策』内海愛子著、青木書店、2005年
『きけわだつみのこえ』日本戦没学生記念会編、岩波文庫、1982年
『国鉄労働組合の30年』国鉄労働組合、1976年
『国鉄労働組合50年史』国鉄労働組合編、労働旬報社、1996年
『松川運動全史』松川運動史編纂委員会、労働旬報社、昭和41年
『われも黄金の釘一つ打つ』岡林辰雄著、大月書店、1980年
『勝利のための統一の心』小沢三千雄著、1979年、自家版
『万骨のつめあと』小沢三千雄著、1974年、自家版
『下山事件全研究』佐藤一著、時事通信社、昭和57年
『下山・三鷹・松川事件と日本共産党』佐藤一著、三一書房、1981年
『新版　三鷹事件』小松良郎著、三一書房、1998年
『三鷹事件』片島紀男著、新風舎、2005年
『一裁判官の追憶』鈴木忠五著、谷沢書房、1984年
「三鷹事件裁判と弁論」真野毅執筆、『中央公論』(1955年8月号)所収、中央公論社
「不実の文学」拙稿、『労働者文学』(第37号)所収、労働者文学会、1995年
「プロレタリア・ヒューマニズムとはなにか」拙稿、『労働運動研究』(1998年9月～11月号)所収、労働運動研究所
『濱口國雄詩集』濱口國雄著、土曜美術社、1975年
『詩の中にめざめる日本』真壁仁編、岩波新書、1966年
『詩のこころを読む』茨木のり子著、岩波ジュニア新書、2006年
『＜日本の戦争＞と詩人たち』石川逸子著、影書房、2004年
『労働運動研究総目録』労働運動研究所編発行、2015年
『日本共産党の七十年』日本共産党中央委員会出版局、1994年
『宮本顕治文芸評論選集第一巻』宮本顕治著、新日本出版社、1980年
『日本共産党の党員像』宮本顕治著、新日本出版社、1995年
『日本国憲法が求める国の形』完全護憲の会編発行、2015年
『熟年の歩み』40周年記念誌編集委員会編、全国健称マラソン会、平成22年
「全日本マラソンランキング」月刊『ランナーズ』(2015年7月号)所収、アールビーズ
『偕老同穴マラソン人生』阿南重継・ミヨ子著、2009年、自家版
『東京マラソン・二〇一五を完走して』同上著、2015年、自家版
「私のマラソン人生」鈴木金作執筆、『愛媛民報』2016年5月29日号～7月24日号
「年齢別で優勝“炎のランナー”」橋野執筆、『北海道経済』(2017年4月号)所収、北海道経済

ホノルルマラソンにを走り終えて。
2016 年 12 月 11 日。

ホノルルのワイキキ海岸で。長女と一緒に。
2016 年 12 月 10 日

走　歴

佐倉朝日健康マラソン（制限時間5：00）
　第1回（1982年3月14日）4：18：00
　第2回（1983年3月6日）4：48：42
　第3回（1984年3月4日）4：22：14
　第5回（1986年3月9日）4：47：20
　第6回（1987年3月8日）4：51：43
　第7回（1988年3月6日）4：51：44
　第8回（1989年3月5日）4：52：50
　第9回（1990年3月4日）4：55：49
　第10回（1991年3月3日）4：29：59
　第11回（1992年3月1日）4：57：12
　第12回（1993年3月7日）ゴール15m手前でタイムオーバー
　第13回（1994年3月6日）タイムオーバー
　第14回（1995年3月5日）タイムオーバー
東京・荒川市民マラソン（制限時間7：00）
　第2回（1999年3月28日）6：35：58
　第4回（2001年3月25日）6：46
　第5回（2002年3月24日）6：50
　第6回（2003年3月23日）6：50：38
　第7回（2004年3月21日）7：05：24
　第8回（2005年3月20日）6：53：22
　第9回（2006年3月19日）強風のため32ｋｍで収容
　第10回（2007年3月18日）タイムオーバー36ｋｍで収容
　第11回（2008年3月16日）タイムオーバー折返し地点で収容
大阪・淀川市民マラソン（制限時間8：00）
　第13回（2009年11月1日）7：33：13
　第14回（2010年11月7日）7：50：01
　第15回（2011年11月6日）タイムオーバー中間地点で収容
伊豆大島一周マラソン（制限時間10：00）
　第7回（2013年3月23日）9：26：17
　第9回（2015年3月28日）9：23：24
ホノルルマラソン　2016年大会　12月11日　11：02：07
元日初走り多摩川堤マラソン10ｋｍ　2017年1月1日　2：10：00
第47回全国健称マラソン大会（奈良）5ｋｍ　2017年4月20日　1：07：02
第48回　〃　（京都）5ｋｍ　2018年3月14日　1：20：22
第49回　〃　（広島）5ｋｍ　2019年4月18日　1：28：53
ローザンヌマラソン・ノルデイックウオーキング10ｋｍ　2019年10月28日　2：42：11

〔私の食習慣〕

朝食 欠

昼食 生玉葱 牛乳250ml 麺類50g 果物 ヨーグルト

夕食 生玉葱 焼酎 ワイン 米飯半合 パン 糠漬け 野菜 魚 肉 豆類 甘味品

（胃の２／３摘出後）午前８時朝食　午前10時間食　昼０時昼食　午後３時間食　午後７時夕食　午後９時間食

〔私の生活習慣〕

就寝夜０時すぎ　起床午前６時すぎ　フランス語原書購読６時半～８時　ランニング８時～９時　公園で体操、懸垂　帰宅シャワー　植木の水やり　10時～12時　日記の記入「完全護憲の会」事務処理

昼０時　新聞２紙の切抜き　ＴＶ鑑賞　「完全護憲の会」事務処理

午後５時　パソコン通信　午後７時　夕食後TV鑑賞　夕刊購読　午後11時半入浴

（胃の手術後）就寝午後11時半　起床午前６時半　フランス語原書購読

午前「完全護憲の会」の事務処理　マルクス・エンゲルス選書購読

午後　新聞切り抜き　英語原書購読

趣味　「国鉄詩人連盟」および「労働者文学会」会員

社会的関心　「完全護憲の会」に所属（共同代表、事務局兼務）

信条　節約　無欲　正直　節制

練習（胃の手術前）毎朝１時間 近所を１周。毎日曜 ２時間「しながわ区民公園」往復。

（手術後）午後１時間　近所を１周　毎日曜「しながわ区民公園」往復

願望　死ぬまで自宅で仕事

風邪除け　1965年以降、毎年春と秋に海水浴。それまで年に１度は必ず風邪で熱発し床に就いていたが、以後風邪と無縁。

足裏摩擦　就寝時、起床時に両足裏を100回摩擦

助言　だれでも走れる。まず走り始めること。なるべく朝か晩に時間を決めて、それから徐々に距離を伸ばす。60歳代、70歳代、80歳代からも可能。

福田玲三（ふくだ　れいぞう）
1923年11月29日生まれ、96歳。
岡山県津山市出身。
学歴　大阪外国語学校（現大阪大学外国語学部）フランス科卒
兵歴　1943年 学徒出陣で入営。
1947年10月　南方より帰国、復員
職歴　1949年　国鉄労働組合（書記）
1984年　定年退職

品川区立しながわ公園内をウオーキングする著者。2019年4月21日

走る高齢者たち　オールドランナーズヒストリー
学徒出陣・JSP（降伏日本軍人）・復員・国労書記・詩人・ランナー

2020年7月1日　　初版発行
著　者：福田玲三
装　丁：宮部浩司
発行者：羽田ゆみ子
発行所：梨の木舎
〒101−0061
東京都千代田区神田三崎町2−2−12 エコービル1階
Tel. 03−6256−9517
fax. 03−6256−9518
e メール　info@nashinoki-sha.com
http://nashinoki-sha.com
DTP：具羅夢
印刷所：株式会社 厚徳社

34. いちじくの木がたおれぼくの村が消えた一 クルドの少年の物語	ジャミル・シェイクリー著	1340 円	
35. 日本近代史の地下水脈をさぐる 一信州・上田自由大学への系譜	小林利通著	3000 円	
36. 日本と韓国の歴史教科書を読む視点	日本歴史教育研究会編	2700 円	品切
37. ぼくたちは 10 歳から大人だった 一オランダ人少年抑留と日本文化	ハンス・ラウレンツ・ズヴィッツァー著	5000 円	
38. 女と男　のびやかに歩きだすために	彦坂諦著	2500 円	
39. 世界の動きの中でよむ　日本の歴史教科書問題	三宅明正著	1700 円	
40. アメリカの教科書に書かれた日本の戦争	越田稜著	3500 円	
41. 無能だって？それがどうした ?! 一能力の名による差別の社会を生きるあなたに	彦坂諦著	1500 円	
42. 中国撫順戦犯管理所職員の証言一写真家新井利男の遺した仕事	新井利男資料保存会編	3500 円	
43. バターン　遠い道のりのさきに	レスター・I.テニー著	2700 円	
44. 日本と韓国の歴史共通教材をつくる視点	歴史教育研究会編	3000 円	品切
45. 憲法９条と専守防衛	箕輪登・内田雅敏著	1400 円	
47. アメリカの化学戦争犯罪	北村元著	3500 円	
48. 靖国へは行かない。戦争にも行かない	内田雅敏著	1700 円	
49. わたしは誰の子	葉子・ハュス - 綿貫著	1800 円	
50. 朝鮮近代史を駆けぬけた女性たち３２人	呉香淑著	2300 円	
51. 有事法制下の靖国神社	西川重則著	2000 円	
52. わたしは、とても美しい場所に住んでいます	基地にNO！アジア・女たちの会編	1000 円	
53. 歴史教育と歴史学の協働をめざして ―ゆれる境界・国家・地域にどう向きあうか	坂井俊樹・浪川健治編著	3500 円	
54. アボジが帰るその日まで	李煕子・竹見智恵子著	1500 円	
55. それでもぼくは生きぬいた 一日本軍の捕虜になったイギリス兵の物語	シャーウィン裕子著	1600 円	
56. 次世代に語りつぐ生体解剖の記憶 一 元軍医湯浅さんの戦後	小林節子著	1700 円	
57. クワイ河に虹をかけた男一元陸軍通訳永瀬隆の戦後	満田康弘著	1700 円	
58. ここがロードス島だ、ここで跳べ、	内田雅敏著	2200 円	
59. 少女たちへのプロパガンダ 一「少女倶楽部」とアジア太平洋戦	長谷川潮著	1500 円	
60. 花に水をやってくれないかい？ 一 日本軍「慰安婦」にされたファン・クムジュの物語	イ・ギュヒ著/ 保田千世訳	1500 円	
61. 犠牲の死を問う一日本・韓国・インドネシア	高橋哲哉・李泳采・村井吉敬 / コーディネーター内海愛子	1600 円	
62. ビデオ・メッセージでむすぶアジアと日本 ――わたしがやってきた戦争のつたえ方	神直子著	1700 円	
63. 朝鮮東学農民戦争を知っていますか？ ――立ちあがった人びとの物語	宋基淑著 / 中村修訳	2800 円	
64. 韓国人元BC級戦犯の訴え――何のために、誰のために	李鶴来著　解説 内海愛子	1700 円	
65. 2015年安保、総がかり行動 一大勢の市民、学生もママたちも学者も街に出た	高田健著	1800 円	
66. 歴史を学び、今を考える ――戦争そして戦後	内海愛子・加藤陽子 著	1500 円	
67. ラケットはつくれない、もうつくれない ――戦時下、下町職人の記憶	青海美砂 著 五十嵐志朗 画	2000 円	
68. 過去から学び、現在に橋をかける ――日朝をつなぐ35人、歴史家・作家・アーティスト	朴日粉 著	1800 円	

●シリーズ・教科書に書かれなかった戦争——既刊本の紹介● 20.46.欠番 価格は本体表記（税抜）

1. 教科書に書かれなかった戦争	アジアの女たちの会編	1650円	
2. 増補版 アジアからみた「大東亜共栄圏」	内海愛子・田辺寿夫編著	2400円	
3. ぼくらはアジアで戦争をした	内海愛子編	1650円	
4. 生きて再び逢ふ日のありや―私の「昭和百人一首」	高崎隆治撰	1500円	在庫僅少
5. 増補版 天皇の神社「靖国」	西川重則著	2000円	在庫僅少
6. 先生、忘れないで！	陳野守正著	2000円	
7. 改訂版 アジアの教科書に書かれた日本の戦争―東アジア編	越田稜編著	2200円	
8. 増補版 アジアの教科書に書かれた日本の戦争―東南アジア編	越田稜編著	2500円	
9. 語られなかったアジアの戦後―日本の敗戦・アジアの独立・賠償	内海愛子・田辺寿夫編著	3107円	品切
10. 増補版 アジアの新聞が報じた自衛隊の『海外派兵』と永野発言・桜井発言	中村ふじゑ他翻訳・解説	2700円	
11. 川柳にみる戦時下の世相	高崎隆治選著	1825円	
12. 満州に送られた女たち大陸の花嫁	陳野守正著	2000円	品切
13. 増補版 朝鮮・韓国は日本の教科書にどう書かれているか	君島和彦・坂井俊樹編著	2700円	在庫僅少
14.「陣中日誌」に書かれた慰安所と毒ガス	高崎隆治著	2000円	
15. ヨーロッパの教科書に書かれた日本の戦争	越田稜編著	3000円	
16. 大学生が戦争を追った―山田耕筰さん，あなたたちに戦争責任はないのですか	森脇佐喜子著・解説高崎隆治・推薦内海愛子	1650円	
17. １００冊が語る「慰安所」・男のホンネ	高崎隆治編著		品切
18. 子どもの本から「戦争とアジア」がみえる―みんなに読んでほしい300冊	長谷川潮・きどのりこ編著	2500円	
19. 日本と中国－若者たちの歴史認識	日高六郎編	2400円	品切
21. 中国人に助けられたおばあちゃんの手からうけつぐもの	北崎可代著	1700円	
22. 新装増補版・文玉珠－ビルマ戦線楯師団の「慰安婦」だつた私	語り・文玉珠／構成と解説森川万智子	2000円	
23. ジャワで抑留されたオランダ人女性の記録	ネル・ファン・デ・グラーフ著	2000円	
24. ジャワ・オランダ人少年抑留所	内海愛子他著	2000円	
25. 忘れられた人びと―日本軍に抑留された女たち・子どもたち	S・F・ヒュ－イ著・内海愛子解説	3000円	
26. 日本は植民地支配をどう考えてきたか	和田春樹・石坂浩一編	2200円	
27.「日本軍慰安婦」をどう教えるか	石出法太・金富子・林博史編	1500円	
28. 世界の子どもの本から「核と戦争」がみえる	長谷川潮・きどのりこ編著	2800円	
29. 歴史からかくされた朝鮮人満州開拓団と義勇軍	陳野守正著	2000円	
30. 改訂版 ヨーロッパがみた日本・アジア・アフリカ―フランス植民地主義というプリズムをとおして	海原峻著	3200円	
31. 戦争児童文学は真実をつたえてきたか	長谷川潮著	2200円	
32. オビンの伝言―タイヤルの森をゆるがせた台湾・霧社事件	中村ふじゑ著	2200円	
33. ヨーロッパ浸透の波紋	海原峻著	2500円	